두 여자의
인생편집 기술

두 여자의 인생편집 기술

꾸준한 여자와 능력 있는 여자가
서로에게 배우는 삶의 지혜

초판 1쇄 인쇄 2022년 10월 5일
초판 1쇄 발행 2022년 10월 15일

지은이 김은령 · 마녀체력
펴낸이 전지운
펴낸곳 책밥상
디자인 Studio Marzan 김성미
등록 제 406-2018-000080호 (2018년 7월 4일)
주소 경기도 파주시 문발로 197 우편번호 10881
전화 031-955-3189
이메일 woony500@gmail.com
블로그 https://blog.naver.com/woony500
인스타그램 @booktable1
인쇄 다다프린팅 **제책** 에스엠북

ISBN 979-11-91749-12-0 03800

두 여자의
인생편집 기술

꾸준한 여자와 능력 있는 여자가
서로에게 배우는 삶의 지혜

김은령 · 마녀체력 지음

책밥상

우리 모두는 동업자입니다

"모든 원고의 초안은 끔찍하다."

대표작인 《무기여 잘 있거라》를 무려 39번이나 새로 고쳐 썼다는 헤밍웨이가 이렇게 말했다지요.★ 기사나 책의 끔찍한 초고를 훌륭한 결과물로 만들기 위해서는 그냥 죽치고 앉아서 고치고 또 고치는 것 말고는 다른 방법이 없다는 것을 잡지와 책을 만들며 늘 확인해 왔습니다. 그러면서 '인생의 모든 첫 시도들도 끔찍하다'라는 생각을 하게 되었지요.

개인적인 삶에서나 하는 일에서나 뭐든 처음에는 실수도 많고 결과가 신통치 않더라고요. 스스로에게 화를 내기도 하고 주위 도움을 받기도 하고, 경험이건 교훈이건 깨우침을 바탕으로 계속 노력하다 보면 다음번에는 조금 더 나은 결정과 선택을 하는 일이 가능해집니다.

물론 항상 그런 것은 아니어서 손을 댈수록 엉망이 되는 글과 인생도 있습니다. 무슨 이야기를 하고 싶은지 모를 때, 어떻게 살고 싶은지 모를 때가 그렇습니다. 나와 방향이 다른 글이나 삶이라면 이해는 못 해도 인정이라도 할 수 있지만, 방향이 없는 글이나 삶에 대해서는 이야기조차 시작할 수 없을 테니까요.

"생각하는 대로 살지 않으면 사는 대로 생각하게 된다"는 무서운 이야기를 떠올리며 일을 하고, 일상을 사는 동안 정신을 바짝 차리려 노력했지만 이것 역시 쉬운 일은 아니었습니다.

'편집'이란 '발명'과는 조금 달라서 이미 존재하는 것들을 대상으로, 서로 어떻게 연관이 되고 어떤 부분이 겹치고 또 어떤 부분이 다른지 확인하는 일입니다. 이미 나와 있는 수많은 정보와 지식과 의견, 그것들이 갖고 있는 복잡다단한 특징들을 새로운 조합으로 엮어내는 일이기도 하지요. '선택'과 '배치'에 관한 기술이라고 부를 수 있을 것 같습니다.

잡지 기자와 단행본 편집자로, 잡지와 단행본 편집장으로 일하면서 몇 번이고 고쳐 쓰고 불필요한 것을 쳐내고 고심 끝에 선택한 것을 적절한 데에 배치하는 '편집'의 기술은, 일에서 뿐만 아닌 살아가는 데에서도 적용되었습니다. '편집자'라는 이름을 달지 않았지만 매일 무얼 하고 무얼 하지 않을지, 잘하고 싶은 것은 어느 정도까지 잘하고 싶은지, 고민하고 시간과 자원을 배분하는 사람들 모두 나름의 방식으로 일상과 인생을 편집하고 있지요. 그러니 우리 모두는 어떤 면에서는 동업자들일 겁니다!

어느 세대도, 어떤 개인도 그저 쉽게만 살아가는 일은 없겠지만 요즘 같아서는 어떻게 살아야 하나 도무지 모르겠습니다. 잊을 만하면 한 번씩 전全지구적인 재난이 일어나고 혐오와 무지를 숨기지 않는 정치가들이 나라를 가리지 않고 등장하며 조금씩 나아질 거라 믿었던 세상은 자꾸 뒤로 가는 듯 보이니까요.

어떤 공부를 하고 어떤 일을 하며 살까, 어떤 '가족'의 형태를 선택할 것이며 어떤 모습으로 성장하고 나이 들고 싶은지 20대, 30대를 거치며 고민을 시작했는데 40대와 50대가 되어도 해결이 나지 않고 있습니다. 70대쯤 되면 고민이 사라지고 평온한 상태가 되지 않을까 싶었는데 제 주위 모든 70대, 80대 분들의 이야기에 따르면, 절대 아니랍니다.

이 책은 술자리에서 태어났습니다. 책을 기획한 편집자와 글을 쓴 두 사람은 오래전 같은 회사에서 잡지 기자로, 단행본 편집자로 일하던 동료였습니다. 다른 곳에서 다른 일을 하게 된 후 가끔 소식을 전하고 필요한 일이 있을 때면 도움을 주고받았는데, 오랜만에 만나 '편집자'로 살아가는 이야기를 하다 오랫동안 궁금했던 문제들, 새롭게 등장한 고민에 대해 상의하게 되었습니다.

여자로, 자기 분야에서 오래 일해온 사람으로, 앞으로 어떻게 살아야 할지 아는 것 같기도 하고 모르는 것 같아서 고민 중이었고, 무슨 중년의 통과의례처럼 비슷한 시기에 크고 작은 건강 문제를 겪으며 '나중에'도 '다음에'도 없을 수 있다는 것을 확인한 참이었지요. 그 느슨한 연대가 책을 쓸 수 있는 힘이 되어 주었습니다.

비슷하지만 조금 다른 일을 했고, 다르지만 또 어떤 부분에서는 비슷한 삶을 사는 두 사람이 서로에게 궁금한 질문들을 메일함에 쌓아갔습니다. 상대에게 궁금한 것은 나에게 궁금했던 것이었습니다. 역시 중요한 것은 답이 아니라 질문이고, 결론이 아닌 과정이라는 것을 확인했습니다.

일종의 인생 중간 점검을 통해 잘하는 일은 갈고 닦아 더 잘하게 만들고 못하는 일은 연습해서 조금 더 낫게 만들어보는 것에 대해 고민을 다시 시작했습니다. 서투르게 누군가를 흉내 내며 사는 것은 이제 안 해도 되는 나이, 대단하지 않아도 나만 할 수 있는 이야기를 만들어보자는 결심을 하게 해준 두 사람의 질문과 대답이 이제 시작됩니다.

김 은 령

★ Julie Bosman (July 4, 2012). "To Use and Use Not". 〈The New York Times.〉

차례

'마녀체력'으로 인생 2막을 사는 선배가 묻고
잡지를 오래 만든 편집장이자 번역가인 후배가 답하다

Woman—우리는 단단한 여성입니다

더 나은 오늘을 바라는 X세대 후배가 묻고
변화의 물결을 헤쳐온 386세대 선배가 답하다

성평등을 원하는 선배가 묻고
여성문제를 고민해온 후배가 답하다

Life — 우리는 재미나게 살아갑니다

행복의 비결이 궁금한 후배가 묻고
습관에 강한 선배가 답하다

운동 좋아하는 선배가 묻고
책 좋아하는 후배가 답하다

우리는

좋 아 하 는

일을 합니다

Work

여전히 회사에 다니는
후배가 묻고

회사생활을 졸업한
선배가 답하다

anxiety

퇴사 후 삶에 대한 불안

김은령

언제부터인가 나는 인생을 25년 단위로 생각하고 있었던 것 같아요. 첫 25년간은 태어나 배우고 공부하는 시기였고, 그다음 25년은 열심히 일하는 기간이었어요. 50세 이후부터는 이전과 다른 새 인생에 도전하는 시기, 75세 이후는 몇 년이 될지 모르지만 그때부터의 인생은 '덤'이라고 생각했죠.

23세, 대학을 졸업하기 전에 직장에 들어갔고, 일을 시작한 이후 한 번도 쉬지 않고 달리다 보니 지금 여기에 있고요. 일을 그만둔다면, 오랫동안 몸담은 회사를 그만둔다면, 그 후에는 어떤 또 다른 일이 기다리고 있을까, 아니, 꼭 어떤 일을 해야 할까 생각하곤 합니다. 인간이 열심히 노동을 하게 된 것은 인류의 긴 역사를 놓고 보면 극히 최근의 일일뿐, 오래전에는 배 고프면 과일을 따거나 동물이나 생선을 잡아 허기를 채우면 그뿐, 동굴 벽에 그림을 그리거나 빗살무늬 토기를 만들거나 멍하니 앉아 있거나 했을 거 아니에요.

그러나 현실은 내 몸을 움직여 일하지 않으면 집세도 못 내고 밥도 먹을 수 없고 전기와 수도도 사용할 수 없을 테니 나이 들어도 그냥 막연히 놀 수는 없을 것 같은데…… 사람들이 자꾸 앞으로의 계획을 물어보면 당황스럽습니다. 아직 그런 상황은 안 살아봐서 잘 모르겠지만, 뭐 어떻게든 되겠지요.

나보다 조금 빨리, 회사라는 조직을 떠난 선배는 어떤 경험을 하고 있을까요?

마녀체력

" 퇴사 후에 찾아올 공포와 불안 중,
우선 돈 문제를
'구체적'으로 따져봐야 해요. "

잡동사니를 정리하다가 예전에 쓰던 다이어리를 하나 찾았어요. 버리기 전에, 혹시 중요한 정보라도 있을까 싶어 휘리릭 넘겨봤죠. 하루하루 쳐내야 할 자잘한 업무 메모가 대부분이었어요. 그러다 한 군데 시선이 딱 멈췄죠. 한 쪽을 할애해서 대강의 인생 계획을 적어놓은 게 눈에 띄더라고요.

'40대까지 현재 일을 잘 해내고, 50대에는 새로운 일에 도전해보자. 60대에는 잘 놀아보고, 70대에는 봉사하는 데 힘쓰자. 그

이후는 언제 죽어도 상관없다.'

30대 중반쯤 적어놓은 글 같은데, 좀 놀랐어요. 인생을 10년 단위로 나눈 막연한 계획이잖아요? 그런데 50대 중반에 서보니, 꽤 비슷한 흐름으로 내 삶이 흘러가고 있는 거예요. 젊었던 시절 무의식 중에도 직장을 오래 다닐 생각은 없었나 봐요. 그새 평균 수명이 늘어나긴 했지만, 이 생각에는 지금도 큰 변함이 없어요.

아무튼 25년이든 10년이든, 마디를 그어 계획하는 건 후배나 나나 비슷하군요. 우리는 둘 다 '막연하면서도 대범한 계획형 인간'임에는 틀림없어요. 하핫! 80세 이후의 삶은 60대에나 가서 다시 고민해볼래요.

돈보다
내 마음의 나침반을 좇고자

정년퇴직까지 한 직장에 다니는 것이 가능했던 베이비붐 세대가 바로 위 선배들이라면, 난 386세대에 속해요. 적성에 맞는 일을 잘 찾았고, 편집자로서 여한 없이 책 만드는 일에 집중했습니다. 운 좋게도 출판 산업의 발전과 절정을 향유했다고 할까요.

그럼에도 마흔 살을 넘기면서 조금씩 위기의식이 느껴지더군요. 나는 이 직업에서 얼마나 더 버틸 수 있을까. 주위를 돌아보니 어느새 최고령 편집자 군에 속해 있었어요. 그렇다고 조직을 이끄는 임원이 되고 싶다는 욕망은 전혀 생기지 않았습니다.

결국 자의 반 타의 반, 50세에 회사를 그만두었죠. 뭐 나라고 뾰족한 수가 있었던 건 아니에요. 다만 확실한 건, 창업을 하거나 다른 직장으로 옮기겠다는 계획은 없었어요. 뭐라도 일은 계속할 테지만, '돈을 좇기보다 내 마음의 나침반을 따라가고 싶다'라는 바람이 강했거든요. 출퇴근을 안 하면 시간이 생길 테니, 뭘 할지 천천히 생각해볼 요량이었습니다.

누군가 내 결심을 듣고는 '부자의 마인드'라고 하더군요. 어느 정도 먹고 사는 일에 고민이 없어야 가능한 말이라고요. 방 한 칸에서 결혼 생활을 시작한 월급쟁이가 부자일 리 만무하죠. 게다가 부동산이나 재테크에 전혀 관심이 없었으니, 당연히 큰돈을 벌어놓지 못했습니다. 다만 25년을 줄곧 성실하게 일했고, 버는 규모를 넘어서 사치하거나 빚을 진 적은 거의 없답니다. 그렇다고 무조건 안 쓰고 아낀 것도 아니지만요. '큰돈은 아끼고, 푼돈은 쓰자'인 '소확행주의'랄까요.

사람이 평생 살아가는 데 대체 어느 정도의 돈이 필요할까요? 영화 〈월 스트리트〉(1987)를 보면, 증권가에 막 들어온 신참내기가 선배한테 비슷한 질문을 하죠. "얼마나 더 벌고 싶은 거냐"고. 이미 돈의 노예로 살고 있다면 영화에서처럼 "보다 많이"라고 대답하겠지만, 난 현실적으로 계산기를 두드려봤어요.

퇴직 후에 가장 먼저 한 일은, 수입과 지출을 기록하기 시작했다는 겁니다. 후배는 혹시 가계부를 쓰고 있나요? 내가 한 달 동안 고정비를 얼마나 쓰는지, 변동비의 폭은 어느 정도인지 정확히 알고 있어요? 경제 관념을 쌓기 위해선 참 중요한 일인데 대부분의 일하는 여성들은 바쁘다는 핑계로 이걸 간과하지요. 나 같은 허당은 더 말할 것도 없고요.

한 달에 꼭 써야만 하는 지출을 가늠했고, 어떤 비용을 줄일 수 있을지 살폈습니다. 15년 후 국민연금이나 개인연금을 탈 때까지 얼마나 돈이 필요한지도 대충 계산을 해봤답니다. 하나 있는 아들이 다 컸으니 제 밥벌이를 하고, 남편이 나보다 7년 정도 더 일해주지 않을까, 하는 기대 심리도 있긴 했고요. 자식한테 재산을 물려줄 생각 말고 주택 모기지를 하거나, 아예 처분하고 그나마 주거비가 저렴한 지역에 가서 살 수도 있다고 맘먹으니 한결 돈 걱정이 가벼워지더라고요.

퇴사 후에 찾아올 '공포와 불안' 중에, 우선 돈 문제를 어떤 식으로 컨트롤하고 대비할 수 있을지 '구체적으로' 따져보는 게 도움이 됩니다.

일에 갇혀서 보지 못했던 다른 즐거움들

25년을 출퇴근하는 회사형 인간으로 살았으니, 일은 그만하면 충분히 했다고 자신을 다독였어요. 이후로는 가능하면 노동은 덜하고, 하더라도 마음이 당기는 일만 선택하리라. 대신, 하고 싶은 일이 생기면 수입이 적더라도 거절하지 않겠다고 맘먹었죠.

퇴직 후 '인생학교'에서 3년간 강사로 일했어요. 절친한 후배 손미나 씨가, 철학자 알랭 드 보통과 손을 잡고 학교를 열고 싶다며 도와달라고 청했습니다. 프리랜서로 일하며 선생님들을 초빙

하고 수업 자료를 감수하는 일에 시간을 쏟았지요. 당시 내가 벌어들인 수입은 하찮았습니다. 그저 출판이 아닌 새로운 일에 도전한다는 데 의미를 삼았죠.

결국 경제적으로는 손해를 봤지만 대신 어디서도 배우지 못했던 두 가지를 체득했답니다. 하나는, 몰입과 자유, 성취감을 주는 것이 진정한 일의 가치라는 것. 일하는 게 행복하지 않다며 퇴사를 고민하는 수강생들을 독려하면서 외려 내가 더 많이 배운 셈이죠.

다른 하나는, 낯선 사람들을 상대로 이야기를 끌어나가는 기술이랄까요. 편집자 시절에도 가끔 남 앞에 서서 말할 기회가 있었지만 굉장히 힘들었어요. '인생학교'에서 쌓은 경험 덕분에 지금은 큰 무대 위에 올라서도 떨지 않는 강사로 일하고 있다는 게 가끔은 믿기지가 않아요.

회사를 그만둔다 하더라도 내가 하고 싶은 일은 생겨나고, 끊임없이 배워갈 수 있답니다. 일에 갇혀서 보지 못했던 지금까지와는 다른 즐거움이, 시간이, 인생이 기다리고 있다는 걸 기대해봐도 좋아요. 우선 여가를 충분히 누리며 심신의 긴장을 풀고 '재미있게 놀다 보면', 새로운 도전거리나 해볼 만한 일로 후배의 경력이 연결될 거라 믿습니다.

예를 들어 나는 여성들을 모아 생활체육 멤버십 클럽을 만들어보면 어떨까 싶기도 해요. 회원들을 이끌고 자전거 여행을 하면서 글쓰기 캠프 같은 걸 해볼 수도 있고요. 덩달아 돈을 벌면 좋겠지만 땡전 한 푼 안 생겨도 왠지 신이 나는 일들이니까요.

거주 문제도 퇴직 이후의 삶에 큰 영향을 미칠 수 있다고 봐요. 수많은 지방 도서관을 돌아다니다 보니, 꼭 서울 한 군데에 정착해서 살아야 하나 싶더라고요. 남편이 퇴직하기를 기다렸다가 통영이나 진주, 강진 같은 아름다운 고장에 내려가 몇 년씩 살아봐도 재미날 것 같습니다. 그런 경험들이 또 한 권의 책으로 탄생할 수도 있고요.

그렇게 살다 보면 '내 소유의 집'이라는 부동산 개념이 완전히 바뀔지도 모르겠네요. 나이 들수록 심플한 노마드로 살려면 생활 습관부터 서서히 바꿔 나가야겠지요. '이제부터 사는 건 유품이다'라는 생각으로 덜 사고, 가진 것들을 처분하는 데 주력할 계획입니다.

그렇게 가벼워진 몸과 마음으로 네팔이나 캄보디아처럼, 우리 부부가 좋아하는 나라에서 1년씩 지낼 수 있다면 더 바랄 게 없겠어요. 예전부터 피터 메일이 쓴《나의 프로방스》(효형출판, 2004)나 필 도란이 쓴《토스카나, 달콤한 내 인생》(푸른숲, 2006) 같은 책에 몹시 끌렸거든요.

퇴직한 뒤, 좋아하는 일에 매진하는 즐거움도 생겼답니다. 배드민턴 같은 새로운 운동을 시작했고, 책을 실컷 읽는 틈틈이 일본어 공부도 꾸준히 하고 있어요. 좀 더 언어에 익숙해지면 그림책이나 만화책 번역에 도전해볼까 합니다. 아! 그럼 일본에 가서도 살 수 있겠네!

relationship

괜찮은 선배와 후배가 되려면

김은령

오래전 비디오 아티스트 백남준 선생이 한국에 와서 기자회견을 했을 때, 후배들을 어떻게 도와주고 키워주는가 하는 질문이 나왔습니다. 백남준 선생은 "프로페셔널의 세계에 누가 누구를 키워주나, 알아서 크는 것이다"라는 의미로 답하셨던 것 같아요.

얼마 전 TV 음악 프로그램에 인디 밴드들이 나와 이야기하는데, 요즘 젊은 가수는 선배, 후배의 개념이 아닌, 같은 일을 하는 동료로 보고 있다고 해서 '와, 멋지다' 생각했지요.

'일단 나나 좀 잘하고 보자'는 생각을 하던 때는 잠깐이면 지나가 버리고 어느 순간이 되면 선배가 되고 상사가 되어야 하지요. 선배보다 후배가 더 많아지게 된 요즘, 위로와 칭찬을 해주는 다정한 선배가 되기도 해야 하고, 더 나은 결과를 내도록 자극하는 상사가 되기도 해야 합니다. 예전에 내 선배들과 상사들은 어떻게 일했나 곰곰히 생각해보고 있어요.

직장에서 괜찮은 선배, 괜찮은 상사가 되려면 필요한 덕목은 무엇일까요? 젊은 나이에 창업해서 평생을 최고경영자로 일

하지 않는다면 나도 누군가의 후배이자 부하직원이기도 할 테니, 괜찮은 후배, 괜찮은 부하직원이 되려면 또 어떤 점이 필요할까요?

마녀체력

" 사나운 바람보다는
따듯한 햇볕이 더 강한 게 맞아요. "

큰 조직의 본부장으로 일하다가 새롭게 출판사 창업을 한 후배가 있습니다. 욕심이 많고 그만큼 능력도 뛰어나서 같이 일할 때 늘 믿음직했죠. 그런 친구가 내 밑에서 일하는 것만으로도 뿌듯했고요. 어느 날 본인이 〈한겨레21〉에 쓴 칼럼 한 편을 오려서 보여주더군요. 일본 작가의 문학작품을 출간하면서 받지도 않은 노벨문학상 수상자라고 소개한 실수를 저질렀던 에피소드였어요. 그때 야단을 치거나 호들갑 떨지 않고 조용히 수습해준 내가 가장 고마운 상사였다나요. 그런 일이 있었나? 나는 기억도 나지 않는데 말입니다.

리더나 대표가 하는 선택은 단 한 번의 착오로도 치명적일 수 있죠. 그러나 아직 팀원, 후배라는 이름표를 달고 있을 때는 이런 저런 시도와 실패를 맘껏 경험해볼 자격이 있다고 봅니다. 피하거나 움츠러들지 말고 실행해보도록 격려하기. 좋은 결과로 나타났을 때는 공을 후배에게 넘기고 칭찬해주기. 대신 성과가 나지 않았을 때라도 당사자를 비난하는 게 아니라 그 책임을 함께 떠맡아주기. 이 정도만 해도 상사나 선배로서 역할은 충분한 게 아닐까요.

윗사람도 인간이니 당연히 잘못된 판단을 할 수 있죠. 그럴 경우 감추는 데 급급하거나 책임을 전가하는 사람은 신뢰를 잃기 마련입니다. 자존심 상하고 창피하겠지만 깨끗이 인정하고 사과하는 자세가 필요하다고 봐요. 다만 후배들이 같은 실수를 자꾸 반복하거나 아무것도 안 하려고 들 땐, 뭐가 걸림돌인지 진지하게 대화를 나눠봐야 합니다. 내가 모르는 속사정이 있을지도 모르잖아요.(자식을 잘 키우는 요령과 비슷하지요.)

좋은 선배 아래서
좋은 후배가 자란다

프로 배구 시즌이 되면, 저녁마다 경기를 빼놓지 않고 즐겨 봅니다. 예전과 확연히 달라진 점이 하나 있어요. 감독과 선수들 사이의 부드러운 분위기예요. 우리가 아는 익숙한 감독의 모습은 대부분 어땠나요? 하늘 같은 선배이자, 선수들을 격려하기보다 강하게 압박하고 소리 지르는 존재였지요. 그런데 김세진 같은 훌륭한 선수가 감독을 맡으면서 전통을 바꿨어요. 때론 형처럼 때론 동료처럼 조언하고 다독이는 모습을 보여준 겁니다. 그렇게 해도 선수들에게서 뛰어난 퍼포먼스가 나왔고요.

그 이후로 다른 팀 감독들의 태도까지 싹 바뀐 것 같습니다. 사나운 바람보다 따스한 햇볕이 더 강하다는 진실은, 이미 어릴 때 배웠잖아요. "하라"고 말하면 '보스'이고, "하자"고 말하면 '리더'라고 합니다.

한창 조직의 대표로 바쁘게 일할 때, 《몽키 비즈니스》(예지, 2019)라는 책을 읽고 무릎을 친 적이 있어요. 아직 팀장들이 미덥지 못해서 모든 판단과 결정을 내가 내려야 한다고 잘못 생각했던 겁니다. 그건 곧 남들이 갖고 있던 골치 아픈 원숭이를 죄다 내 어깨 위에 올리고 다니는 일과 비슷했지요. 후배들은 자기 일을 떠넘겼으니 마음 가볍게 퇴근해 버립니다. 오히려 상사인 나는 원숭이 채집자가 된 채, 날이면 날마다 야근을 해도 시간에 쫓겨 허덕이는 일들이 벌어졌지요.

빠르게 판단하고 선택해서 나에게 몰려오려는 원숭이를 다시 본인들에게 넘겨야만 해요. 대신 먹이를 주거나 잘 데리고 놀지 못할 바에야, 주인에게 잘 맡기는 것이 괜찮은 상사의 역할입니다. 주도권을 잘 나눠주고 거기에 대한 책임을 지도록 독려하기. 그런 과정을 통해 일하는 사람으로서 최고의 성취감을 누릴 수 있도록 도와주기. 물론 말은 쉬운데 원래 좋은 선배 노릇하기가 훨씬 어렵죠.

반면 부하나 후배로서 일 잘하는 덕목은 딱 두 가지 아닐까요. 스스로 알아서 해야 할 일과 상사에게 보고해야 할 일을 제대로, 빨리 판단하기. 여기다 하나쯤 더 추가해본다면, 선배들이 하는 거

보면서 눈치껏 좋은 점만 스펀지처럼 쫙쫙 빨아들이기? 하하! 그래서 막내나 후배로 살 때가 그나마 좋았다고, 선배들은 늘 말하나 봐요.

self-esteem

자기 불신과 자기 비하를 이기려면

김은령

"재능은 소수만 타고나는 것이다. 열심히 노력해 재능이 있는 듯 만드는 것은 가능하지도 않고 생산적이지도 않다. 만일 무언가 쓰고 싶거나 그리고 싶은 불타오르는 욕구를 느낀다면, 그냥 단 것을 먹도록 하자. 그러고 나면 그 감정도 지나갈 테니까."

창작에 대한 관심과 열정은 누구에게나 있어서 나 역시 괜히 무언가 쓰고 싶어지거나 만들어보고 싶어질 때가 있는데, 그럴 때면 미국 작가 프랜 리보위츠의 이 냉철한 말이 떠올라 웃게 되지요. 나에게는 어떤 재능이 있을까, 아니 재능이라는 것이 있기는 할까 의문을 느끼면서 말입니다.

편집자로 재능 있는 저자를 발굴해 좋은 책을 쓰도록 자극하다 직접 저자가 되고 나서 가장 달라진 것은 무엇일까요? 글을 쓰다 보면 내가 쓰는 이야기에 의미가 있는지, 내가 잘 쓰고 있는 건지 자기 불신과 자기 비하에 빠지는 순간도 있을 텐데, 그럴 때는 어떻게 하는지 궁금해요.

마녀체력

" 마, 이만하면 됐다아이가, 같은 마음의 태도가 내 능력이 되었죠. "

하하! 후배 덕분에 프랜 리보위츠라는 근사한 여성을 알게 되었습니다. 국내에 번역된 책은 없지만 다행히 넷플릭스에 마틴 스콜세지가 만든 〈도시인처럼〉(2020) 7부작 다큐멘터리가 있더군요. 세상에, 70세 할머니가 그토록 당당한 오라를 뿜어대다니요. 누구의 눈치도 보지 않고 거침없이, 막힘없이 독설을 내뱉다니요. 게다가 말로써 사람들을 웃길 수가 있다니요!(이 책이 편집되는 동안, 드디어 《나, 프랜 리보위츠》(문학동네, 2022)라는 첫 책이 국내에도 소개되었네요.)

'현대판 도로시 파커'로 불린다니, 궁금해서 도로시 여사도 찾아볼 수밖에 없었습니다. 최영미 시인의 시집 《시를 읽는 오후》(해냄, 2017)에 도로시의 시 세 편을 소개해놨네요. 〈베테랑〉, 〈이력서〉, 〈경험〉 모두가 맘에 들었습니다. 해학과 유머라는 측면에서 두 여성의 끈끈한 계보가 이어지는 듯해요.

꾸준히 하면 나름의 경지가 생겨나

다큐멘터리를 보다 보니, 프랜 리보위츠가 '재능'에 대해 언급한 말이 더 있었습니다.

"전 세계 사람들에게 무작위로 모래알처럼 뿌려지는데, 아무런 규칙이 없다. 돈 주고도 못 사고, 배울 수도 없고, 물려받을 수도 없다."

이런 냉철하면서도 시니컬한 발언을 들으면 평범한 사람들은 의기소침해질 수밖에 없습니다. 정말 초콜릿이나 우적우적 씹으면서 재능 없음을 받아들이는 것이 최선일까요? 내 생각은 약간 다릅니다. 평범함의 대표주자로서 나는, 정세랑 작가의 말을 인용하고 싶군요.

> 누군가는 유전적인 것이나 환경적인 것을, 또는 그 모든 걸 넘어서는 노력을 재능이라 부르지만 내가 지켜본 바로는 질리지 않는 것이 가장 대단한 재능인 것 같았다.
>
> _P. 288 《시선으로부터,》(문학동네, 2020)

물론 타고난 재능은 숨길 수 없이 강렬합니다. 어쩌다 저이는 '높은 데서 무작위로 던진 신의 선물'을 받았을까 부러울 때도 있지요. 하지만 단것이나 먹으면서 입 벌린 채 쳐다보고만 있기는 싫습니다. 타고나진 못했어도 질리지 않고 꾸준히 하다 보면 나름의 경지가 생겨난다고 믿는 1인이니까요.

10년 넘게 운동을 하다 보니 나도 모르게 그런 배짱이 생겼습니다. 하드웨어가 약하고 운동신경이 부족했지만 어느덧 '마녀체력'으로 살고 있잖아요. 관건은, 오르지 못할 까마득히 더 높은 곳을 기어오르려고 하지 않는 겁니다. 욕심 부리지 않고 상처 받지 않는 자부심 또는 자존감을 키워나가는 방식이지요. "마, 이만하면 됐다아이가" 같은 마음의 태도랄까요. 하하! 혹시 나는 이런 면으로 재능을 타고난 게 아닐까요?

컬러풀한 저자와 1차 독자를 오가며

책을 만들던 편집자가 책을 쓰는 저자가 되었다니! 솔직히 말하면 내게는 꿈만 같은 일이에요. 앉는 자리가 바뀐 셈이니까요. 온라인 서점 '예스24'가 만드는 책 팟캐스트 〈책읽아웃〉에 초대를 받아 나간 적이 있습니다. 진행자인 오은 시인과 나란히 앉아서 녹음을 하다 보니 문득 감개무량하더라고요. 계속 편집자로 일하고 있었더라면 아마도 나는 스튜디오 바깥 쪽에 앉아 저자를 응원하고 있었을 겁니다. 늘 무채색 계통의 눈에 띄지 않는 옷만 입다가, 어느 날 갑자기 컬러풀한 옷을 골라 입고 등장한 느낌과 비슷해요. 사람들이 신기하게 쳐다봐 주기 시작했으니까요.

첫 책《마녀체력》(남해의봄날, 2018)을 내면서 내가 품었던 바람은 소박했습니다. '내 책으로 한 사람의 마음만이라도 흔들 수 있다면 그걸로 족하다'고. 세상에 내놓는 의미가 있을지, 책이 잘 팔릴지 따위는 미처 생각할 여력이 없었어요. 다만 일기장이나 블로그에 쓰듯 마구 뱉어내거나, 억지로 과장하거나, 감정을 조절하지 못하는 것은 부끄럽다고 여겼습니다. 편집자 전력을 가진 저자답게 적어도 책의 구성을 짜거나 문장을 쓸 때만큼은 최선을 다하려고 애썼어요.

글을 쓰다 보니, 나 스스로가 1차 독자가 되어 엄청난 위로를 받습니다. 머릿속 각종 서랍에 쟁여져 있던 인생의 절정 같은 순간들을 다시 꺼내어 되새김하는 기쁨이 크니까요. 게다가 절제된 문장으로 정리하려고 애쓰다 보면, 마구 꽂힌 서가의 책들을 보기 좋게 재배열하는 느낌이 듭니다. 그것만으로도 난 글을 쓰는 일이 의미가 있다고 생각할래요. 그러니 자기 비하라든가 불신 같은 건 끼어들 여지가 없답니다. 거봐요, 내가 이런 쪽에 확실히 재능이 있는 거 같지 않나요?

한 권만 쓰고 말겠다던 책을 어느새 3권이나 쓰고 말았습니다. 아직까지는 글을 쓰는 게 질리지 않으니, 타고난 재능이 없어도 질릴 때까지 계속 시도해볼 계획이에요. 아! 그래도 소설 같은 걸 써보겠다고 나대진 않을 거랍니다. 평범한 범생이로 살아온 인생이라, 유머 부족에 상상력 부재라는 걸 스스로 잘 알고 있으니까요. 지렁이 젤리를 질겅질겅 씹으면서 남들이 쓴 재미난 소설을 읽는 걸로 충분히 행복하답니다.

regret

후회와 실패의 순간

김은령

일을 하면서 크고 작은 문제가 생기면 늘 "괜찮아, 이런 문제들을 해결하라고 월급을 받는 거잖아" 하고 스스로에게 이야기하게 되는데, 사실 괜찮지 않을 때가 더 많았죠. 남이 보기에는 대범하고 크게 스트레스를 받지 않아 보인다고 해도 우리 모두 속으로는 크고 작은 상처를 입고 끊임없이 불안해하곤 합니다.

저는 가능한 한 덜 실패하고 덜 실수하는 삶을 살고 싶기는 했어요. 내 에너지뿐 아니라 다른 사람의 에너지를 낭비하는 일을 하고 싶지 않았거든요. 그게 불가능하다는 것을 진즉에 알아버렸지만요.

실패와 실수는 사람을 성장시킨다고 하지만, 그건 한참 시간이 지나 돌아보았을 때나 실감하는 말이죠. 인터뷰를 다녀오면 꼭 묻지 못한 질문이 나중에 떠오르고, 화보 촬영을 하면 '그때 이런 구도와 포즈로 몇 컷 더 찍어야 했는데' 하고 뒤늦게 생각이 나고. 해야 하지 말았어야 할 말은 아무 생각 없이 하고, 했어야 하는 말은 못 하고. 체크리스트를 아무리 만들어 확인하고 챙기고 마음을 다잡아도 빠트리고 잊어버리고…….

일을 하며 가장 후회되는 순간이 있었나요? 가장 큰 실패로 기억되는 것은 무엇일까요?

마녀체력

" 조직의 리더였던 시절,
내게 맞지 않아 불행했어요. "

후배는 취업을 하기 위해 이력서를 몇 장이나 써봤을까요? 내가 알기로는 한 회사에서 오래 근무했으니 별로 쓴 적이 없을 거 같은데, 맞나요? 이 회사 저 회사로 옮겨 다니지도 않았으니까, 칸을 채울 이력 또한 간단할 겁니다. 우와! 능력자. 게다가 지금은 조직을 이끄는 리더 역할을 단단히 하고 있잖아요. 나는 그런 후배가 정말이지 대단하다고 생각합니다. 부럽기도 하고요.

비슷한 처지일 것 같은 내가 왜 그런 걸 부러워하는지 궁금할 거예요. 아니, 비슷하기는커녕 후배와는 전혀 다른 길을 걸어왔답니다. 편집자로 살아온 25년 경력 중에, 남들 보기에 괜찮다 싶은 회사를 다닌 것은 두 군데 정도였어요. 후배와 한 공간에서 일했던 D사에서 6년, 마지막으로 은퇴하기까지 다녔던 W사에서 11년을 보냈습니다. 어쩌면 이 회사들에서 일했던 경력으로 지금까지 그럭저럭 먹고 살았는지도 모르겠네요.

그럼 나머지 8년은 어디서?

8년 동안의 들락날락했던 흑역사

오래 일한 두 회사를 뺀 나머지 8년은 그다지 이력서에 쓰고 싶지 않은 흑역사들이었죠. 출판 편집자로 처음 일했던 M사에서는 사표를 가슴에 품은 채 힘들게 3년을 버텼어요. 심지어 어떤 회사는 일주일 만에 박차고 나온 적도 있답니다. 오로지 꼬박꼬박 나오는 월급을 받으려고 1년이나 다닌 회사도 있고요. 짧으면 짧다고 할 수 있는 8년 사이에 대여섯 번이나 회사를 들어갔다 그만뒀다 한 것 같아요. 그러니 이력서를 얼마나 많이 썼을지 짐작이 가지요?

의외라고요? 맞아요, 겉에서 보기엔 왠지 쭉 뻗은 탄탄대로만 유유자적하게 걸은 사람처럼 보이겠지만, 그렇지 않답니다. 물론 퇴사를 여러 번 했다고 잘못이라고 할 수는 없어요. 회사 돌아가는 형편이 엉망이어서 전혀 전망이 보이지 않을 땐 얼른 그만두는 게 상책이지요.

문제는 내가 한 퇴사의 이유가 대부분 남들보다 유독 견디지 못했거나, 상황을 바꿔보려고 애써 보기도 전에 포기해 버렸다는 겁니다. 이건 이래서 저건 저래서, 핑계를 대며 도망을 친 셈이지요. 지금 돌이켜보면 그런 선택들이 조직 생활을 하면서 더 나아가지 못한 '실패'였어요.

이쯤에서 내가 가진 치명적인 약점 중에 하나를 고백해야겠군요. 이미 눈치를 챘을지도 모르겠는데, 끝까지 나를 치열하게 채찍질하지 않는다는 거예요. 분명히 더 할 수 있는 능력이 있고, 어쩌면 그 8부 능선만 넘어서면 정상까지도 올라갈 수 있을 텐데 말입니다. 늘 적당한 선에서 스스로 멈춰 섰고, 욕망이 없다며 쿨한 척했고, 능동적으로 "내가 맡아서 이끌어보겠다"며 리더의 자리를 차지하려고 애쓰지 않았습니다.

대표를 지낸 적도 있지 않냐고요? 누군가 하라고, 해야 한다고 등을 떠밀면 어쩔 수 없이 주섬주섬 단상 위로 올라가기는 했지요. 그런데 남의 옷을 빌려 입은 것처럼, 잘 어울린다고 여기기보다는 언제쯤 이 옷을 벗어야 하나, 늘 그런 마음이었습니다. 그러니 오히려 조직의 리더로 있을 때가 가장 자신 없고 불행해 보였다고 할까요.

성장하거나 성공할 수 있는 기회 앞에서, 왜 나는 질질 끌려가는 소처럼 멍에를 멨다고 여겼을까요. 반드시 해내겠다고 의지를 다지며 "이랴"를 외치는 농부처럼 왜 나아가지 못했던 걸까요.

하고 싶지는 않았지만, 그러면서도 못 한다고 내빼기에는 자존심이 상했습니다. 그러다 보니 남들 평가는 어땠는지 모르겠는데 리더로 있는 내내 내 자리가 아니라는 생각을 떨치지 못했습니다. 비전을 제시하며 나와 같이 산을 넘어가자고 후배들을 독려하는 대신, 미적지근한 태도로 코앞에 떨어진 급한 일들만 치워나가기 급급했어요.

한 번 두 번 박차고 넘어보는, 특권을 누리길

아무리 생각을 거듭해도 하고 싶은 의욕이 생기지 않는다면, 등을 떠밀어도 끝까지 고사하는 게 맞습니다. 그런데 이왕 맡기로 결심했다면? 다시 태어나야 합니다. 남을 탓하거나 핑계 댈 생각 따위는 집어치우고 마음의 자세를 바꿔야지요. 피할 수 없다면 즐기진 못하더라도 눈을 부릅뜨고 소매를 걷어붙여야 합니다.

남보다 훨씬 많은 시간과 고민을 갈아 넣어봤는데도 잘 되지 않을 때는 어쩌면 좋을까요? 깨끗이 내 한계를 인정하고 물러나야 합니다. 잘하지도 못할 거면서 엉거주춤 붙잡고 있는 욕심, 그래서 남에게 갈 기회조차 빼앗는 게 진짜 자존심 상하는 일이니까요. 억지로 떠맡았다는 괴로운 심사를 온몸으로 내보이는 리더란, 다른 사람들이나 본인에게조차 손톱만큼도 도움이 되지 않습니다. 오히려 해악을 끼칠지도 모르지요.

이쯤 나이를 먹어보니, 내가 어떤 사람인지 파악하고 인정할 수 있는 용기가 생겼습니다. 소수의 사람들과 관계 맺기를 좋아하고, 오롯이 나 혼자 해내야 하는 일에는 끝까지 책임을 다합니다. 그래서 편집자로 일하거나 작은 조직의 팀장으로선 눈부신 활약을 하지요.

언뜻 대범하고 외향적인 인간형이라고 남들은 착각할 수도 있지만, 보기보다 소심하고 앞에 나서는 걸 좋아하지 않습니다. 뚜렷한 비전을 갖고 욕망하기보다는 하루하루를 잘 메워나가는 소시민에 가깝다고 할까요. 그래서인지 조직 생활을 할 때보다 지금 혼자 일하는 작가로 살아가는 편이 자유롭고 편안하다고 느낍니다.

하지만 후배 여성들에게는 미리 포기하거나 도망치지 말라고 얘기해주고 싶어요. 나를 둘러싼 담장 안에서만 안주하지 말고, 한 번 두 번 박차고 넘어보는 경험을 해보라고요. 사람들로부터 박수를 받고, 맨 앞자리까지 당당하게 진격하고, 빌려 입은 옷이 아니라 맞춘 것처럼 빛나는 명품 옷을 두르고 짜릿한 성공을 만끽해 보라고요. 내 안에 감출 수 없는 '욕망'이라는 감정을 드러내면서 이카루스처럼 조금은 무모하고 집요하게 도전해 보라고요. 오르지 못할 나무가 아니라, 오를 수 있는 조금 높은 나무라고 생각하면서요.

본인은 안 해놓고, 왜 후배들한테만 등을 떠미냐고요? 허험! 그게 나이 든 자의 지혜요, 젊은이들에게 주어지는 특권이니까요.

principles

꼭 지키는 습관과 원칙

김은령

스티브 잡스, 오프라 윈프리, 워렌 버핏…… 이런 인물들이 어떻게 성공했고 어떻게 세상에 영향력을 행사했는지의 이야기가 기사로, 책으로, 강의로 끊임없이 나오지요. 어디 이렇게 유명한 사람들뿐이겠어요. 우리가 매일 만나는 주위 사람들도 이렇게 하면 나아질 수 있다고, 성공할 수 있다고 자신만의 생각을 담은 이런저런 조언과 충고와 비결을 이야기합니다. 그 대부분이 일리 있고 의미 있고 옳은 이야기이니, 그대로 따라했다면 지금쯤 엄청난 성공을 거두었겠죠?

문제는 결국 나. 내가 변하고 싶지 않으면 아무리 좋은 이야기를 들어도 소용이 없는 거였어요. 좋은 이야기 대부분을 귀담아듣지 않고 실천하지 못한 것은, 기억력은 나쁘고 자기 훈련은 부족했기 때문이라고 생각해 반성을 하게 됩니다. 그 반성의 시간이 오래 가지 않는다는 것도 문제라 요즘은 목표를 작고 단순하게 잡으려 애쓰고 있어요.

매일 적어도 3천 보는 걷는다거나 출근 직후 30분 동안은 메일이나 메신저 확인 없이, 전화도 받지 않고 그날 해결해야 할 가장 중요한 이슈들을 정리한다거나. 짧은 시간에 대단한 성과를 내겠다는 생각은 버리고 어찌 보면 사소하게, 그야말로 '베이비 스텝'으로 좋은 습관은 강화하고 나쁜 습관은 바꿔보는 연습을 해보는 것이지요.

지금의 나를 만들어준 작고 사소한 습관과, 크고 중요하며 꼭 지키는 원칙이 있다면 어떤 것일지 궁금해요.

마녀체력

" 일상의 루틴을 지켜나가면 그것이 곧 태도를 만들어요. "

오랜 세월 동안 판사로 일해온 분의 에세이를 만든 적이 있어요. 그분이 책에다 쓴 성공 비결 중 하나가 퍽 의외였습니다. 어느 모임이든 '총무'를 맡으라는 거예요. 대부분의 사람들은 이왕 일을 할 거면 회장직을 더 선호하잖아요. 폼 나 보이고, 결정권을 휘두를 수 있으니까요. 게다가 권위의 상징인 판사라는 직업 특성상, 사소한 허드렛일을 하는 총무를 맡는 게 더 어렵지 않을까 싶었습니다.

그런데 이분 왈, 총무가 회장보다 훨씬 유리하다고 합니다. 모임에 들어온 모든 사람의 신상 정보를 손에 쥐고서 자유자재로 연락하는 특권이 있다는 거지요. 상대방 또한 총무라면 별 부담감 없이 대하기 마련이고요. 더군다나 하찮은 일을 도맡아 하는 총무에게는 늘 고마워한대요. 혹시나 조직에 문제가 생기더라도 회장처럼 몽땅 책임질 일이 없고요. 현재 스무 명 안팎의 친구들 모임에서 총무를 맡고 있는데, 과연 그분 말이 일리가 있다고 체감하는 중입니다.

매일 반복하는 소소한 습관들

얼마 전 도서관에 갔다가 우연히 《돈의 속성》(리커버리 에디션, 스노우폭스, 2020)이라는 책을 훑어보았어요. 150쇄나 찍은 최장기 베스트셀러라는데, 왜 이제야 내 눈에 띈 걸까요?(내가 가장 안 읽는 분야의 책이거든요. 그래서 부자가 못 되나 봐요!) '최상위 부자'와는 광속에 버금가는 머나먼 거리감을 느끼면서 책장을 넘기는데, 어? 매일 일어나자마자 하는 세 가지 습관이 나랑 비슷하지 뭡니까?(돈을 부르는 습관이라는데, 왜 나는 부자가 아닌 건가요!!)

말이 나왔으니, 퇴직한 뒤부터 5년 넘게 이어온 일상의 루틴을 소개할게요.

아침 5시 30분에 알람이 울리면 눈을 뜹니다. 침대에 누운 채 고양이처럼 크게 기지개를 켜고, 간단히 허리와 다리 운동을 해요. 구부리고 자는 동안 비틀어진 온몸의 근육을 펴준다는 느낌으로요. 자리에서 일어나면 침대부터 정리합니다. 실은 매일 출근하던 시절에는 이불을 뭉쳐놓은 채 옷만 입고 나가기도 바빴습니다. 네 귀퉁이를 맞춰 이불만 잘 펴놓아도 단정해 보이는데 말이죠. 평생 깔끔하게 잠자리를 정리하시는 시어머니를 보고 반성했어요. 그렇게 해두면 잠을 자러 눕는 순간에도 기분이 쾌적합니다.

운동 유니폼을 갖춰 입고 나와서 바로 물을 끓입니다. 뜨거운 물과 찬물을 섞어(흔히 음양탕이라고 부르더군요.) 3컵 정도 천천히 마셔요. 잠자는 동안 부족했던 수분을 보충하고, 위장에 깨어나라는 신호를 보내는 거예요. 그런 후에 운동을 하러 나가든가, 급하게 해야 할 일들을 처리합니다.

5년 전부터 이른 아침에는 주로 배드민턴을 칩니다. 본격적인 게임을 하기에 앞서 꼭 달리기로 워밍업을 해서 몸을 데운 후 전신 스트레칭을 하지요. 실내 배드민턴은 민첩하고 과격하게 움직여야 하는 스포츠라서 나이 든 사람일수록 삐끗하기 쉽거든요.

2시간 정도 땀을 흠뻑 흘리고 돌아오면, 뉴스를 들으면서 섬유질 위주로 아침을 챙겨 먹어요. 집에서 식사를 할 때는 가능한 한 통밀빵과 현미밥을 많이 먹으려고 애씁니다. 커피는 오전에 딱 한 잔만, 좋은 원두를 갈아 핸드드립으로 마시고요.

되도록 일찍 저녁을 먹은 뒤에는 간식을 피하려고 노력합니다. 텔레비전을 보면서 요가 매트를 펴놓고 간단하게 스트레칭을 하거나 플랭크 자세를 합니다. 자기 전에는 침대에 앉아서 부분 조명을 해놓고 30분 정도 책을 읽지요. 이렇게 적어놓고 보니 짜릿한 거 하나 없이 밋밋하고 수도승 같은 하루를 보내고 있군요.

일상의 루틴을 변함없이 유지하고 있다는 건, 지금 현재가 편안하게 흘러가고 있다는 증거랍니다. 몸이 아프거나, 누군가를 돌봐야 한다거나, 외식이 잦아지거나 하면 다음날의 루틴에 영향을 미치곤 하니까요.

화끈한 축제에 몸을 던지는 바람에 어쩔 수 없이 하루를 건너뛰었다 하더라도 그다음 날은 다시 평소대로 유지하기 위해 꼼꼼히, 무리하지 않게 스케줄을 조정합니다. 테니스 선수 중에 나달을 좋아하는데, 경기 때마다 강박적일 만큼 루틴을 지키더군요. 그토록 오래 황제의 자리를 지키는 걸 보면, 흥분이 되는 빅 게임에서도 일상의 루틴은 내면의 평정심을 찾는 데 큰 도움이 되나 봅니다.

사소한 것이 오히려 더 중요해요

흠, 자잘한 루틴에 비해 크고 중요하면서도 내가 꼭 지키고 싶은 삶의 원칙들에는 뭐가 있을까 생각해 봤습니다. 사회의 약자들에게 권력을 휘두르지 않기. 힘든 상황에서도 품위를 유지하기. 빨리 판단하고 빨리 거절하기. 도움을 받은 건 꼭 기억했다가 되갚기. 메일을 주고받을 때 첫인사와 마지막 인사 빼먹지 않기. 잘 나가는 선배보다 어려운 후배를 더 챙기기. 결혼식은 빼먹어도 장례식은 꼭 가도록 노력하기. 새로 만난 잘난 친구에게 집중하기보다 가까이 있는 오래된 주변 사람들에게 더 신경 쓰기.

하하하! 대충 나열해봤는데, 역시나 큰 원칙이라 말하기엔 왠지 사소해 보여서 부끄럽네요. 어째 세속적인 성공과는 계속 평행선을 그리는 것 같지 않나요? 그래도 엄지혜 기자가 쓴 책《태도의 말들》(유유, 2019)을 읽으면서 공감하며 위로를 받습니다.

> 언제나 사소한 것이 더 중요하다고 생각한다. 일상의 감각이 합해져 한 사람의 태도를 만들고 언어를 탄생시키니까. 누군가를 추억할 때 떠오르는 건 실력이 아니고 태도의 말들이었다.
>
> _P. 11

editing
인생에도 필요한 편집 기술

김은령

아침에 눈을 떠서 밤에 잠들기 전까지 쉴 새 없이 신문과 방송 모니터를 하고 뉴스 레터를 읽고 소셜미디어를 확인하고 화제가 되는 책을 사들이지요. 새로운 가게나 문화 공간이 하루가 다르게 문을 열고 전시와 공연도 흘러넘칩니다. 이렇게 정보와 뉴스와 화제가 넘쳤던 시절이 또 있었을까 싶어요.

지금 우리에게 필요한 것이 무엇인지 방향을 잡고, 정신없이 펼쳐져 있는 수많은 것들 중 의미 있는 것을 선택하고 불필요한 것이나 덜 중요한 것들을 쳐내고 남아 있는 핵심을 적절한 방식으로 구성하는 일, 그것을 '편집'이라고 부를 수 있지 않을까요.

단행본 편집자로 시작해 사업을 책임지는 경영자였다가 다시 '대편집자'라는, 보기 어려운 타이틀로 일하며 수많은 책을 기획했으니 편집에 있어서는 가장 많은 이야기를 들려줄 수 있는 분일 것 같아요. '편집'의 기술은 꼭 단행본뿐만 아닌, 콘텐츠를 만드는 모든 사람들에게 필요한 것이 아닐까 싶어요. 아니, 인생을 살아가는 데에도 필요한 기술이겠죠.

편집이란 도대체 무엇일까요? 오래 일하며 경험한 '편집'의 묘미, '편집의 가치'에 대해 선배가 해줄 설명이 궁금합니다.

!

마녀체력

" 이 시대가 원하는 기술이
바로 편집, 이지요. "

출판사에 입사한 순간부터 내 정체성은 편집자가 되었지요. 하지만 '편집'이 뭔지, 편집자가 뭘 하는 사람인지 감을 잡기까지 꽤 오랜 시간이 걸렸습니다. 그도 그럴 것이, 처음 맡은 책들이 등단 작가들의 문학작품이었거든요. 소위 '선생님'들의 시나 소설을 다룰 땐 편집자로서 할 수 있는 일이 거의 없었어요. 고작 오자, 탈자를 잡거나 게재 순서를 약간 바꾸는 정도가 다였지요. 수식으로 표현하면 'A+1=A'가 되는 거였습니다.

이때는 '글을 모아 지면에 잘 담는 행위'가 편집이라고 생각했어요. 책을 만드는 일보다 글을 읽는 재미에 더 빠져들었던 시기였습니다. 선배들의 뒤치다꺼리를 하면서 저자를 대하는 방식이나 문장을 고치는 법 등을 눈치로 배워나갔어요.

A에서 B를 만들어낼 수도

차츰 텍스트뿐만 아니라 이미지와의 어울림에 눈을 뜨기 시작했지요. 디자인이라는 중요한 개념도 알게 되었고요. 아하, '편집'이란 건 '전달할 내용을 선별하고 조합해서 잘 보이고 읽히도록 만드는 일'이구나! 지금까지는 그냥 '담는' 데 치중했다면 차츰 '어떻게'를 고민하는 수준이 되었습니다.

일에 몰입하는 시간만큼 그리고 경험해보는 횟수만큼 정비례해서 편집 실력이 늘어갔어요. 저자가 써낸 콘텐츠에, 편집자인 내 의견과 안목이 더해지는 책들이 만들어졌지요. '$A+5=A^2$'이 되는 일이 많았지만, 때때로 새로운 B가 탄생하는 짜릿함을 목격했어요. 심 봉사가 눈을 번쩍 뜬 것처럼 완전히 다른 차원의 편집을 맛보는 기분이었습니다.

편집 기술이 원숙해지면 '어떻게'를 뛰어넘어, '왜' 또는 '무엇을' 담을 것인가 골몰하는 단계로 접어듭니다. 이미 존재하는 흔한 것 중에서 특별한 것을 발견하거나, 기존에 몰랐던 새로운 것을 발굴해내는 거예요. 더 나아가 '무에서 유'를 창조해내는 것까지도 할 수 있지요. 크리에이티브와 맞먹는, 편집의 가장 높은 수준이라고 할까요.

새로운 저자와 흥미로운 콘텐츠를 찾아내려면 평소에도 호기심의 안테나를 바짝 세워야 합니다. 기존 작가에게서 새로운 것을 뽑아내려면 자주 만나고 대화하며 관심의 끈을 놓지 말아야 하고요. 시대의 흐름을 타거나 앞서가는 아젠다를 먼저 뽑아내고, 여러 명의 필자를 섭외할 수도 있습니다. 그러기 위해선 자기 분야에 대한 해박한 지식과 끈끈히 유지해온 인맥, 다양한 네트워크가 있어야겠죠.

그러고 보니 편집자의 역할이란 참 다양하고 대단하죠? 〈매거진 B〉가 새롭게 단행본 '잡스' 시리즈를 내면서 수많은 직업 중 첫 번째로 '에디터'를 내세운 것도 그런 이유일 겁니다. 그들이 뽑아낸 에디터의 정의에 공감해요. '좋아하는 것으로부터 좋은 것을 골라내는 사람'. 나는 하나 더 보태볼래요. '골라낸 그 좋은 것을 남들에게 널리 퍼뜨리고 싶은 사람.'

후배 말대로 이런 행위는 비단 책이나 잡지에만 쓰이는 기술이 아닙니다. 콘텐츠라는 영역을 뛰어넘어 세상의 모든 비즈니스에서 발휘할 수 있는 능력이에요.

편집자의 전성시대가 왔으니

예전에 대학 선배들이 "국문학과를 졸업하면 어떤 직군에서든 일할 수 있다"고 우스갯소리를 하곤 했어요. 그만큼 우리 사회에서 글을 읽고 쓰는 능력을 필요로 하는 데가 많다는 비유였습니다. 나도 후배 편집자들에게 종종 비슷한 말을 합니다. 편집을 잘하면 어디 가서든 자기 자리를 찾아내고 일을 잘할 수 있다고. 어떤 콘텐츠라도 최신 트렌드나 대중의 입맛에 맞게 잘 요리해서,

예쁜 접시에 담아 내놓는 훈련을 해왔으니까요.

삶의 태도라든가 인간관계 같은 형이상학적인 부분까지 그런 기술이 잘 먹히면 진짜 좋겠어요. 정말이지 나는 책을 만들 듯이, 내 인생도 폼 나고 가치 있게 편집하고 싶을 때가 많아요.

요즘 들어 '편집자 전성시대'가 왔다고들 말하더군요. 보이지 않는 곳에서 남의 책만 만들던 편집자들이 자기 이름으로 책을 내기 시작했거든요. 나 역시 몇 권의 책을 쓰면서 무에서 유를 창조해내는 최고의 편집 기술을 발휘하고 있는 셈입니다.

편집자 시절에 콘텐츠를 다루던 감각은, 글을 써나갈 때 많은 도움이 돼요. 인터뷰라든가 강연을 위한 PPT 원고를 구성할 때 유용하고요. 각종 SNS를 통해 내 책을 소개하면서 홍보 활동을 하는 데도 유리하게 작용합니다. 올드 미디어의 권위가 사라져버린 요즘, 개인이 가진 편집 능력은 더욱 다채로운 빛을 발휘할 거예요. 편집자들이야말로 이 시대가 원하는 콘텐츠 생산자로서 1인 다역을 톡톡히 해낼 수 있다고 믿습니다.

마무리로 마르크스의 말을 흉내 내볼까요.

"만국의 편집자여, 기운 내라. 너희가 잃을 것은 오로지 회사의 쇠사슬이요, 너희가 얻을 것은 전 세계의 콘텐츠다."

reading
독서의 가치는 무엇인가

김은령

글을 쓰고 읽는 시대에서, 이미지를 보고 이해하는 시대로 변했는데 여전히 우리는 책을 만들고, 쓰고, 읽고 있네요.

저는 살아가면서 필요한 대부분의 것을 책을 통해 배우는 세대의 사람인 거 같아요. 돈을 많이 벌고 싶다는 생각이 들면 일단 부자 되는 법을 알려주는 주식 투자나 부동산 관련 책부터 사고 보지요. 요리는 당연히 요리책을 통해 배웠고 여행 떠나기 전 여행지에 대해 책 서너 권 사보는 것은 기본이었어요. 언제 읽을지 모르면서 일단 멋져 보이는 책이 발간되면 사서 서가에 꽂아두고요.

하지만 이제는 세상이 바뀌었고 지식과 정보, 통찰을 얻는 데 꼭 책만 도움이 되는 것은 아니라는 생각이 들기 시작하더군요. 각자의 시대에 맞는 각자의 미디어가 있는 것이 아닐까, 활자의 시대를 살아온 우리 세대의 괜한 고집은 아닐까.

책과 독서의 가치를 가장 가까이에서 경험한 선배는 요즘 같은 시대, 그 가치가 여전히 유효할 것으로 생각하나요? 주위 사람들에게 계속 무언가 읽기를 권할 수 있을까요?

마녀체력

"좋은 책을 골라 읽는 건
'로또'에 당첨된 행운과 같아요."

후배나 나야말로, 자라면서 책의 수혜를 가장 많이 받은 세대라고 할 수 있습니다. '교육만이 살 길'이라고 각성한 국가와 부모의 전폭적인 지원을 받았잖아요. 어릴 때부터 틈만 나면 책 속으로 빠져들곤 했는데, 그 재미를 몰랐다면 지금 내 삶은 어떻게 변했을까요. 책이 괄시당하는 세상이 되어버렸지만, 여전히 영혼을 탈탈 털릴 만큼 내 시간과 관심을 빼앗는 미디어는 책입니다. 그것도 종이책. 어쩌면 그것으로 세대가 갈라질 수도 있겠네요.

세상이
변했다 한들

나와 함께 편집자로 일하다가, 드라마 작가로 전업한 후배의 말이 생각납니다. 드라마 대본을 쓰다가 뭔가 전문 지식이 필요하면, 자기는 얼른 서점이나 도서관에 가서 관련된 책을 찾아본대요. 잘 모르면서 대충 쓰는 게 찝찝하다는 겁니다. 그러니 시간과 노력이 많이 투여될 수밖에요.

그런데 소위 '새끼 작가'라고 불리는 디지털 세대는 완전히 다르다는 겁니다. 제자리에 앉아서 컴퓨터로 적당한 정보를 찾아낸 뒤 대충 그럴싸하게 대사를 써낸다지 뭡니까. 그런 가벼운 접근성이 놀랍기도 하고, 동시에 자기가 일하는 오래된 방식에 자괴감이 들기도 한대요.

왜 안 그럴까요. 우리 전성기 때는 신문이나 책을 읽어야만 지식인이라 여겨 대접을 받았잖아요. 요즘 지하철에서 책을 읽다 보면 문득 정수리 쪽이 서늘해질 때가 있습니다. 젊은 친구들이 책을 펴든 나를 고집 센 꼰대나 시대에 뒤떨어진 사람으로 쳐다보는 게 아닌가 싶어서요. 하긴 다들 자기 휴대폰만 들여다보느라 남한테 관심 쏟을 시간도 없겠지만요.

나는 여전히 '읽고 쓰는' 텍스트에 익숙한데, 세상은 '보고 찍는' 멀티미디어 환경으로 진즉에 넘어가 버렸습니다. 어린 아이들부터 노인에 이르기까지 유튜브를 통해 정보를 받아들이고 세상을 인식하는 게 대세가 되었잖아요.

남편만 봐도 퇴근해 돌아오면, 지상파 방송이 아닌 유튜브를 켜놓는 시간이 많아졌습니다. 가끔 강의를 듣기도 하지만 대부분은 공구 다루는 기술이나 커피 만들기, 배드민턴 공략법 같은 실용 정보들을 선호하더군요. '저런 건 책보다 동영상을 보는 게 낫겠군' 싶으면서도, 오디오가 시끄럽고 시간이 아까운 나는 책을 들고 방으로 들어가 버리죠. 세상이 변했다 해도, 어쩌겠어요. 나는 그냥 살던 대로 살아야지. 하하!

독서, 고독할 역량을 키우는 힘

강연을 할 때마다 사람들에게 반복하는 얘기가 있습니다. 끔찍하게 믿었던 애인도, 배우자도, 자식도 뒤통수를 칠 때가 있지만, 절대로 배신하지 않는 세 가지가 있다고. 바로 '체력'과 '외국어', 그리고 '독서'라고요. 그중에서도 좋은 책을 골라 읽는 건 '로또에 당첨된 행운과 같다'고 강조합니다.

예를 들어 《마녀체력》은 내가 10년 이상 땀을 쏟아가며 운동하면서 깨우친 '체력의 비결'을 에센스만 골라 써놓은 책이잖아요? 그걸 집이나 또는 까페에 편안히 앉아서 커피 석 잔 가격만 내고 며칠 안에 알 수 있다면, 그런 게 로또 당첨이지 뭡니까. 다들 호탕하게 웃으면서 맞는 얘기라고 고개를 끄덕이더군요.

얼마 전에는 고등학교를 막 졸업한 야구 선수들에게 강연할 기회가 있었어요. 야구를 계속해야 할지, 아니면 이쯤에서 접고 다른 걸 시작할지 고민이 많은 청년들이었습니다. 운동만 하느라 책과는 담장을 쌓고 살았다고 고백하더군요.

나라고 그들에게 뚜렷한 비전을 제시해줄 수는 없었습니다. 하지만 그 시기에 읽어보면 도움이 될 만한 책들을 여러 권 골라 소개해 주었어요. 《만약 고교 야구 여자 매니저가 피터 드러커를 읽는다면》(동아일보사, 2022) 같은 책은 당장이라도 야구를 하는 데 적용해볼 수 있겠죠. 《삼미 슈퍼스타즈의 마지막 팬클럽》(한겨레출판, 2020)을 읽으면, 실패했다고 세상이 끝나지 않는다는 교훈을 어렴풋이라도 느낄 겁니다. 디지털 네이티브로 자란 그들이 과연 책에 흥미를 갖게 될지는 모르겠지만요.

이런 고민에 대해서도, 두 학자가 생각을 나눈 책《유튜브는 책을 집어삼킬 것인가》(따비, 2020)를 권해주고 싶습니다. 읽기라는 행위는 '고독해질 수 있는 역량'과 '고독을 견딜 수 있는 역량'을 키워준다고 말하지요. 고독해져야만 사람은 자아 정체성에 대해 질문을 던지고, 자기 내면을 들여다볼 수 있기 때문입니다. 그런 사유야말로 성장이나 성숙으로 이어지지요.

이 세상을 책을 읽는 사람과 책을 읽지 않는 사람으로 나눈다면, 나의 경우 후자와는 깊은 우정이나 관계를 맺기 어렵다고 생각합니다. 물론 책을 읽지 않는다 해도 착한 사람, 능력 있는 사람으로 살 수는 있겠지요. 하지만 책을 읽지 않고 훌륭한 사람, 괜찮은 사람, 멋진 사람으로 살기란 어렵지 않을까요.

일이란,

돈, 재미, 사람 중

하나라도
만족스러울 때만 해야 한다.

책은,

마실수록

끊을 수 없는
커피다.

Work

'마녀체력'으로 인생 2막을 사는
선배가 묻고

잡지를 오래 만든 편집장이자 번역가인
후배가 답하다

english
외국어로서의 영어

마녀체력

내 삶을 돌아보면 아쉬운 점이 몇 가지 있습니다. 예를 들면, 나는 왜 외국어를 잘해볼 생각을 못 했을까요. 마치 평생 걸어만 다니겠다고 작정한 사람처럼, 운전면허증 따위는 안 따도 된다고 무시했던 것과 같지요. 외국어는 자동차 같아서, 나를 멀고도 넓은 세상으로 데려다줄 편안한 날개 같은 건데 말이에요. 아마도 우리말과 글에 더 관심이 많아서 그랬나 봅니다. 대학 전공도 일말의 주저함 없이 국문학과를 선택했으니.

만약 영문학이나 불문학, 또는 러시아문학 등을 전공했더라면 생각의 지평이 얼마나 넓어졌을까요. 외국어에 능통했더라면 내가 아는 세상이 얼마나 달라졌을까요. 사전 없이도 다른 나라 글을 읽고, 현지인과 거침없이 말을 주고받을 수 있다면 얼마나 많은 곳을 돌아다녔을까요. 그런데 아직까지도 후회와 상상뿐이에요. 회사를 다닐 때는 시간이 없어서, 지금은 기억력이 안 따라줘서 늘 핑곗거리를 찾아낼 뿐입니다.

후배는 바쁜 월간지 기자로 살면서도, 어떻게 영어에 대한 관심과 공부를 손에서 놓지 않았을까요. 더군다나 영문 번역은, 그저 읽고 말하는 수준보다 훨씬 고차원의 언어 능력이 필요한 일이잖아요.

본인에게 영어라는 언어는 어떤 의미가 있습니까? 내 생각처럼 정말 다른 세상을 활짝 열어줬나요? 틈틈이 번역을 계속하는 이유는 뭔가요? 꾸준히 영어 실력을 유지할 수 있는 비결도 알려줘요.

김은령

“ 영어는 거인의 어깨에 올라타는 방법이에요. ”

선배 이야기처럼, 외국어를 유창하게 구사한다는 것은 새로운 세상의 문을 열어주는 열쇠인 것 같아요. 요즘은 해외 취재를 가거나 외국 사람을 인터뷰할 때 통역이나 번역자를 중간에 잘 두지 않는 상황이라, 외국어를 잘 하면 맡을 수 있는 업무가 넓어지고 만날 수 있는 사람의 폭도 넓어지지요.

난쟁이의
도약 같은

새로운 정보와 지식이 쏟아지는 요즘에는 외국어가 빠른 시간에 필요한 부분의 최신 소식을 먼저 듣고 이해하는 데에도 큰 도움이 될 것 같습니다. 혼자 열심히 연구하며 해결책을 찾았는데, 알고 보니 이미 한참 전에 다른 세상에서 그 해결책이 나와 있었다면 얼마나 김빠질까요. 사람들이 서로의 언어를 이해하게 되면서 집단지식을 통해 점차로 사고와 이해가 확장되어갔고, 그 과정에서 평범한 난쟁이었을 우리는 거인의 어깨 위에 올라타게 되었죠.

이렇게 실질적인 장점도 중요하지만, 전혀 다른 사고와 감정 체계를 경험하게 해준다는 추상적인 장점도 매력적입니다. 아주 어려서 외국어를 자연스럽게 체득한 다중언어 구사자가 아니라면, 오랜 시간 힘들여 공부를 하고 사용하며 익혀가야 하는데 그 과정에서 또 다른 자아를 끄집어내기도 하니까요. 어른이 되어서 외국어를 배운다는 것은 다시 영유아기로 돌아가 아무것도 모르는 낯선 세상을 처음 대하는 불안과 두려움을 새삼스레 경험하는 것과 비슷한 것 같아요.

요즘은 자동 번역의 수준이 높아져서 웬만한 내용은 그 자리에서 통·번역이 되고, 앞으로는 그 과정이 더욱 빠르고 정교해질 테니 외국어를 따로 공부할 필요가 없을지도요. 스마트폰에 대고 말만 하면 알아서 변환해주어 통역 없이 서로의 언어를 이해하게 될지도 모르겠네요. 오래전 무너져 내린 바벨탑을 인공지능을 동원해 다시 세워가고 있는 인간은 참으로 대단한 존재입니다.

덕질이,
시작이었어요

대학교 전공이 영문학이긴 했지만 영어나 문학에 엄청난 뜻이 있었던 것은 아니에요. 학교와 학과에 먼저 지원하는 '선지원 학력고사'의 끄트머리 세대라 원서 마감은 다가오는데 하고 싶은 공부도 없고, 되고 싶은 것도 없고, 뭘 잘하는지 모르겠고……. 일단 영어라도 공부하며 대학에 다니는 동안 다시 생각을 해보자 하는 마음에 영문과를 갔지요. 대학을 다니면서도 영어나 문학에는 별 관심이 없고 그저 놀기에 바빴고요. 지금은 엄청 후회하지만요.

제가 영어나 일본어 같은 외국어에 신경을 쓴 것은 솔직히 말하자면 '덕질' 때문이었어요. 중·고등학교 때부터 외국 가수와 배우들, 스포츠 스타에 열광하느라 공부는 뒷전이었어요. 한국에서 나오는 정보만으로는 성에 차지 않아서 주말이면 명동에 있는 중국 대사관 근처와 이대 앞을 찾아가 〈Rolling Stone〉이나 〈MOJO〉 같은 미국과 영국 음악 잡지와 〈스크린〉, 〈로드쇼〉, 〈논노〉, 〈앙앙〉 같은 일본 잡지를 샀고, 한참 NBA 경기에 빠져 있을 때는 외국 스포츠 잡지를 구해보곤 했죠.

처음에는 그냥 그림만 보며 스크랩을 했는데 어느 순간 뭐라고 쓰여 있는지 너무 궁금해서 사전을 찾아보며 단어 한두 개, 문장 한두 개를 익히게 되었고요. 그러다 보니 제대로 된 고급 영어가 아니라 'We come from the land of the ice and snow, from the midnight sun where the hot springs flow(우리는 얼음과 눈의

땅에서 왔지, 뜨거운 샘이 솟아나는 한밤의 태양에서 왔지)' 뭐 이런 레드 제플린의 하드록 가사나, '泣かないで 一人で(혼자 외롭게 울지 말아요)' 같은 일본 영화 속 빤한 대사에 익숙해졌습니다.

저에게 외국어는 덕질의 깊이와 넓이를 확장해주는 가장 확실한 수단이었던 것 같아요. K-POP을 좋아해 한국어를 배우는 요즘의 외국 젊은 팬들과 같은 마음이었겠죠.

첫 번역서의 악몽에 부쳐

대학교를 졸업하고 잡지사에 취직했는데, 영문학과를 나왔다는 이유로 기사 전재 계약을 맺은 미국 잡지사와 연락하고 기사를 고르는 일을 맡게 되었어요. 적절한 기사를 골라 번역가에게 맡긴 후 손봐서 싣는 일이었는데, 어차피 잡지 지면에 맞게 양을 줄이기도, 늘리기도 하고 정리하는 일을 맡다 보니, 그럴 바에 번역도 내가 하자 싶어서 편집장에게 이야기했지요. 번역료도 안 나가고 일도 빨라지니 편집장은 당연히 좋아했고요.

기사 몇 개로 시작한 번역이 우연한 기회에 지인을 통해 단행본 번역으로 이어졌어요. 처음에는 별 고민 안 하고 겁 없이 진행했어요. 첫 번역책이 미국 작가 아이리스 장이 쓴 《난징대학살》(이끌리오, 1999)이었는데, 2차 대전 동안 일본군이 중국 난징에서 벌인 끔찍한 만행과 살육에 대한 논픽션이었어요.

내용도 내용이건만, 이 책을 쓴 저자에게 감정 이입이 심하게 되는 바람에 좀 힘들었어요. 나와 동갑인 작가가 이렇게 인류사에서 문제가 되는 이슈를 파고들어 엄청난 취재를 하고 책으로 썼는데, 나는 놀러 다니며 시간이나 죽이고 있구나 하는 자책감이라고 할까요. 그래서 열심히 번역을 했는데 작업이 끝나 책으로 엮어 나오게 되니 출간 일주일 전부터 악몽을 꾸는 거예요. 제가 한 번역이 다 잘못되고, 번역한 원고 중 몇 페이지가 빠진 상태로 출간이 되고…….

영어를 잘하는 것도 아니고 번역을 제대로 공부한 것도 아니라서 매번 번역할 때마다 '이게 맞나'라는 스트레스를 받고 불안해하지요. 번역을 잘해서 자부심에 넘쳐 일하는 것도 아니고, 번역료가 높은 편도 아니고, 들어가는 시간과 노력과 고민에 비해 결과는 잘 모르겠고요.

처음에는 그냥 경험으로 한두 권 정도 번역하고 말 거였는데, "한두 권으로 창피하게 어디 가서 번역했다는 말을 하냐"는 엄마의 말에 '으흠, 그것도 그렇네'라고 생각하고 계속 하게 되었지요. 제가 계속 틈틈이 번역하는 것은 그러니까 엄마 덕인지도요.

영어를 포함해 외국어를 잘하는 사람은 주위에 너무나도 많아서 "영문학을 전공했다"거나 "영어책을 번역했다"고 말을 하기 부끄러울 때가 많아요. 저는 전형적인 암기, 입시 교육으로 영어를 공부해서 영어를 한국어로 번역하는 정도만 가능하지, 영어로 유창하게 내 생각을 말이나 글로 표현하지는 못해요.

한국어로는 가능한 미묘한 표현들이 영어를 쓸 때면 투박하고 유치하고 단순해지지요. 이럴 줄 알았으면 좀 더 영어 공부를 많이, 제대로 할걸 그랬다고 매일 후회하고요. 그런데 생각해보면 영어밖에 모르는 사람들이 훨씬 더 많은데 한국어 잘하고 영어도 좀 하는 내가 왜 부끄러워해야 하지, 하고 좀 더 뻔뻔해지기로 하죠.

가고 싶은 곳, 먹고 싶은 것
다 할 수 있는 할머니가 되기 위해

외국어에는 두 가지가 있는 것 같아요. '돈을 쓰는 외국어'와 '돈을 버는 외국어'. 제가 하는 외국어는 '돈을 쓰는' 수준이에요. 외국에 나가서 밥 시켜 먹고 관광하고 길 물어보는 정도예요. 많이 부족하고 어색하고 정확하지 않아도 외국인이므로 상대방이 기다려주고 적극적으로 이해해주지요.

하지만 외국어를 사용해서 돈을 벌어야 한다면 그 차원이 다를 거예요. 가차 없는 냉혹한 비즈니스의 세계라면, 아주 능숙하도록 또 다른 차원의 공부와 연마가 필요하겠지요. 이건 모국어도 마찬가지일 것 같기는 해요. 한국어를 말하고 글도 쓸 수 있지만 이걸 아주 잘하는 전문가는 또 따로 있잖아요. 외국어로 그게 가능하려면 정말 많은 노력이 필요할 것 같아요.

이제 와서 그렇게 유창해지지는 않겠지만 그래도 계속 무언가 외국어로 된 것을 읽고, 듣고, 쓰다 보면 조금씩 나아지겠죠. 아니, 나아지지 않는다고 해도 많이 나빠지지는 않을 정도면 좋겠어요. 외국 여행을 가서 가고 싶은 데 다 구경하고, 먹고 마시고 싶은 것 다 주문할 수 있는 할머니가 되는 것, 그게 제 인생 후반기 목표 중 하나이니까요.

바빠도 가끔 책을 번역하려고 애쓰는 것은 외국어에 대한 감을 유지하고 싶어서예요. 태생적으로 익힌 것이 아니고 나이 들어 공부하며 익힌 거라, 안 쓰고 안 읽고 안 들으면 금세 못하게 되더라고요.

번역을 하지 않을 때에는 넷플릭스 프로그램 중 재미있는 것을 찾아보는데, 꼭 자리를 잡고 앉아서 보지 않더라도 청소나 빨래 개기, 요리 등 집안일을 할 때 배경음악처럼 틀어놓고 있어요. 잘은 모르겠지만 내 무의식 어디엔가 영어로 된 단어와 문장들이 자리잡기를 바라면서 말이죠.

long-service
30여 년 동안 한 회사를 다닌다는 것

마녀체력

직장생활을 하면서 7~8군데 회사를 옮겨 다녔어요. 아이를 낳는 바람에 그만두기도 하고, 홧김에 때려치운 적도 있습니다. 상사 꼴이 보기 싫어서, 회사 시스템이 엉망이라 등등 그만둘 때마다 변명거리를 찾았죠. 대표가 피워대는 담배 연기를 참지 못해 사표를 낸 적도 있다니까요.

그렇다고 사표를 쓰겠다며 입에 달고 다닌 적은 거의 없답니다. 내 거취에 대해 남과 의논을 하지도 않았고요. 그저 꾹꾹 참아내다가 정말 목구멍까지 차올라 더 이상 견디기 어려우면, 뒤도 안 돌아보고 박차고 나왔어요. 그 누구의 충고조차 들을 필요가 없었습니다. 그렇게 회사를 옮겨 다니면서 스트레스를 받았지만, 동시에 새로운 곳에 적응하는 긴장감도 얻으면서 오랫동안 일할 수 있었다고 생각해요.

그런데 후배는, 같은 직장을 20년 이상 계속 다니고 있잖아요. 나도 6년간이나 다녀본 적이 있는, 결코 일하기 수월한 회사도 아닌데.

그동안 퇴사의 위기는 없었나요? 과연 무엇이 본인을 붙잡아 두는 동력이었어요? 위기 상황이나 갈등은 어떻게 견뎠습니까? 현업에서 벗어난 지금의 관리자 모습도 마음에 드나요?

김은령

" 70% 힘들고 30% 즐겁다면,
괜찮은 일이라고 생각해요. "

일에 관해서라면, 저는 운이 좋았다고 말할 수밖에 없을 것 같아요. 좋아하는 일이 직업이 되었고 그 일을 오래 하고 있으니까요. 대학을 졸업하기도 전에 입사해서 그 후 30여 년.

기자로 10년 일하다 편집장으로 15년 일했고 이제는 직접 마감을 하지는 않는 관리자가 되었네요. 회사 안에서 매체를 몇 번 옮겼고 가끔 승진도 하고. 익숙해지면 때 맞춰 새로운 자극이나 도전이 연결된 덕에 시간이 금세 흘러갔던 것 같아요.

잡지를 만드는 것은 제가 제일 좋아하는 일인데, 잡지 만드는 데에 있어서는 제가 몸담고 있는 회사가 제일 좋은 환경이었던 것 같아요. 세상에서 일어나는 수많은 일들을 가장 먼저 구경하고 확인할 수 있는 기회들, 자기 분야에서 인정받는 사람들을 만나서 이야기를 듣고, 그 이야기를 원고로 쓰고 나면 들어오는 월급, 힘들다고 말은 하지만 아드레날린 뿜어대며 피치 올리는 마감 때의 약간 정신 나간 분위기.

귀도 얇고 엉덩이도 가벼워서 진득함과는 거리가 멀고 온갖 쓸데없어 보이는 일에 대해 호기심이 많다면, 여기저기 돌아다니며 구경하고 참견하고 다른 사람들에게 온갖 소문과 소식을 전해주는 일을 즐긴다면, 잡지사보다 더 좋은 직장은 없을 것 같습니다.

성차별 없이 안전하고 마음 편하게

1년 차 기자 시절, 진행한 기사 때문에 방송에서 '풍기문란'인지 뭔지 지적 받고 경찰서에서도 조사받으러 오라고 해서 잔뜩 '쫄아' 있었는데 "잘못한 것도 아니고 그 정도는 기자가 할 수 있지"라고 위로해주신 사장님과 편집장이 어찌나 든든하던지.(네, 그때는 조금이라도 야한 화보 찍으면 문제되고, 기사에 '콘돔'이라는 단어가 등장해도 문제가 되었던 ㅠㅠ.)

가수 박진영 씨가 비닐 바지를 입은 잡지 커버와 특집 기사를 신입 때 사수 선배와 함께 진행했는데, 그 사진이 문제가 되어서 뉴스에 나오기도 했어요. 가끔 방송에서 박진영 씨의 이 사진이 등장할 때마다 당사자는 좀 무안해하지만 저에게는 "아니, 본인이 입고 싶은 옷을 입고 촬영한 건데 왜 이 야단들이야" 했던 입사 첫 해의 요란했던 추억이지요.

별 생각도 없고 철은 더더욱 없는 신입 시절에는 크고 작은 사건 사고를 만들었는데, 그때마다 선배나 상사들이 잘 막아주고 이해해 주었어요. 회사가 한창 커가던 무렵, 첫 번째 공채로 입사해서 회사에서도 저희 동기들에게 좀 특별한 애정이 있었을 것이고, 저 역시 그런 회사에 대해 애정이 있었을 거예요.

여자들의 경우, 일을 시작하면 학생 때와는 다른 현실의 벽에 부딪히게 되지요. 성차별이나 성희롱 등의 문제를 경험하게 되는데, 제가 일을 시작했던 1990년대 중반에는 서류 전형은 말할 것도 없고 면접에서부터 무례하게 구는 경우가 많았어요. "여자가 왜 직장에 다니려고 하냐?" "언제까지 일을 할 거냐, 결혼하고 나서도 일할 거냐?"…….

제가 졸업할 무렵이 대기업에서 여성 공채를 처음 시작했던 때였어요. 광고대행사 입사 시험에 합격했는데 제대로 일을 시작하기도 전인 오리엔테이션 무렵, 밤 10시 넘어 배치 받을 부서 선배들이 술 먹고 전화해서 "신입사원 지금 바로 신고식 하러 나오라"고 해서 놀란 적도 있어요.

비슷한 시기, 대기업에 입사했던 친구들이 중간에 일을 그만둔 이유를 생각해보면 대부분 직장 내 차별, 결혼과 육아 문제였지요. 잡지사는 여성들이 많이 일하는 분야이고 제가 입사한 회사는 창업자이자 대표님도 여성이다 보니 다른 일반 기업에 들어간 친구들과는 좀 다른 분위기에서 안전하고 마음 편하게 일할 수 있었고요. 오래 일하는 데 있어 이런 부분은 생각보다 훨씬 더 중요했어요.

퇴사의 방식과 매너가 중요

어떤 일이나 그렇겠지만 막연한 동경이 현실과 마주치면 적응하는 데 한참이 걸리죠. 하루에도 열두 번 마음 바꾸고 일정도 바꿔대는 연예인을 촬영할 때에는 "다음 생에는 꼭 연예인으로 태어나 기자들에게 천사같이 대하겠다"고 다짐했고, 2박 3일에 걸쳐 만든 세트를 딱 반나절 동안만 촬영하고 부수며 속상해하기도 했어요.

세상 대부분의 일은 기본적으로 힘들고 어려운 게 맞는 것 같아요. 늘 즐겁고 콧노래 나오는 일이라면 돈을 내고 해야지, 돈을 받고 하지는 않을 테니까요. 70퍼센트 정도 힘들고 30퍼센트 즐겁다면, 괜찮은 일이라고 생각했어요.

주위를 보면 잘 안 맞는 상사나 동료, 후배, 클라이언트 때문에 고민하는 경우가 많은데, 내가 그런 사람들과 평생 같이 일해야 하는 것도 아니고 또 나도 어떤 상사나 선배, 후배, 동료와 클라이언트에게는 싫은 사람일 수도 있겠다 생각하면 또 한 고비 넘을 수 있을 거예요.

그럼에도 불구하고 가지 않은 길에 대한 의문은 계속 남죠. 기자일이 좋기도 하고 그나마 내가 잘할 수 있는 일이기도 한데 혹시 다른 일은 어떨까 궁금하기도 했어요.

대학원에 다니게 되면서 업무 시간을 조정할 수 있는 외국계 대행사로 옮겨 잠시 일한 적이 있었어요. 연봉이나 근무 시간 등은 훨씬 좋은 편이었지만 궁금한 것을 취재해 기사로 표현하던 일이 너무 그리웠어요. 한번 다른 일을 해보니 내가 좋아하고 잘 하는 일이 무엇인지 알게 되어서 다시 원래 직장으로 돌아왔고 그 후로는 고민을 덜하며 일하게 되었어요.

그래서 이직이나 전직을 고민하는 후배들이 물어오면 그렇게 고민되면 옮겨보라고, 밖에서 바라보면 더 잘 보인다고 이야기합니다. 옮긴 게 나으면 계속 잘 다니면 되고, 아니다 싶으면 다시 돌아올 방법을 찾으면 되고. 문제가 많고 일을 엄청 못하지 않았다면 회사 문화와 조직을 잘 이해하는 전 직원이 재입사하는 것을 굳이 금지하지는 않을 테니까요.

그러니 퇴사를 하는 방식과 매너가 중요합니다. 혹시 회사를 그만두고 나갈 때 다시 건너올지 모를 다리를 불태우고 나오지는 말기를.

내가 내린 결정과 선택의 총합 = '나'

일하는 동안 업종을 크게 바꾼 것도 아니고 회사를 자주 바꾼 것도 아니다 보니 내가 너무 안전지향적인가, 모험을 두려워하나, 더 큰 꿈 같은 것은 없나 하고 고민도 많이 했어요. 커리어 조언을 해주는 선배들은 "일이 너무 익숙해지면 자신에게나 조직에게나 좋지 않다"고 이야기하며 전직이나 이직 제안도 많이 해주었는데 여러 번 고민하다가도 지금 하고 있는 일과 직장이 주는 장점이 더 많아서 그냥 남게 되었죠.

나라는 사람은 내가 내린 결정과 선택의 총합, 다시 돌아가도 아마 같은 결과를 맞게 되겠지요. 적절한 타이밍에 맞춰 회사를 옮겨 더 나은 조건과 새로운 도전을 해보는 것과, 한 회사에서 오래 몸담고 그 안에서 자신의 커리어를 쌓아가는 것 사이에 무엇이 더 낫다고 말하긴 어려워요. 세상은 대충 공평해서 무언가 하나가 좋으면 다른 하나는 좋지 않은 것만은 확실해요.

개인이 처한 상황이나 그때의 분위기, 예상치 못한 기회나 운 같은 것이 한꺼번에 어우러져 결과를 만들어내니 인생이 나에게 어떤 파도를 보내주면 그 파도에 몸을 맡겨보는 것도 괜찮지 않을까요?

관리자로 일하게 되었지만, 시스템이 갖춰지고 현업에서 성과를 내는 것이 중요해지면서 요즘은 관리 그 자체를 위한 관리를 최소화하고 있는 상황이에요. 그러다 보니 제가 하고 싶은 프로젝트가 있으면 기획해서 직접 할 수도 있어요.

자리나 타이틀에 상관없이 자신의 영역에서 무언가 의미 있는 결과물을 만들어내는 것이 가장 중요할 텐데 이게 참 쉽지 않네요. 나중에 이 일을 그만둔 다음, 어떤 성과를 낸 것이 가장 자랑스러울까 고민하며 그 일을 해보려고 해요. 그저 일을 시키는 것이 아니라 같이 문제를 해결할 수 있는 사람이 되는 게 목표이긴 한데 저만의 바람일 수도 있어요.

magazine
'잡지'라는 매체의 매력은

마녀체력

국문학과를 택했을 때, 내가 꿈꾸던 직업은 국어 선생님이었습니다. 대학에서 연극반 활동을 열심히 하는 동안에는 배우로 살아볼까, 맘이 흔들리기도 했죠. 글을 써보면서 소설가 같은 창작자보다는, 매월 새로운 소식을 취재하고 알리는 잡지 기자가 내게 더 어울린다고 여겼습니다.

졸업은 했지만, 여전히 대의적인 정의감에 불타서 시사 잡지 쪽을 기웃거렸지요. 원하던 회사에 들어가 3개월 정도 인턴 기자로 일하다가 잘리는 바람에 결국 그 꿈을 접어야 했지만요. 그 경험이 한없이 콧대 높았던 내게 처음으로 쓰라린 좌절감을 안겨주기도 했지만, 좋은 점도 있었습니다. 한 달 단위로 눈코 뜰 새 없이 돌아가는 잡지라는 시스템이 나랑 잘 맞지 않는다는 것을 깨달았거든요.

잡지사 대신 출판사에 들어가 단행본을 만들어보니, 콘텐츠를 대하는 깊고도 긴 호흡이야말로 내가 원하던 바였습니다. 출판사 편집자와 잡지사 기자는 '에디터'라는 비슷한 면이 있으면서도, 같은 테두리 안에 넣기엔 영 다르잖아요.

매월 새로운 얘기를 만들어내야 하는 잡지 기자의 삶이란 어떤 걸까요? 관심사나 시간 관리, 대인관계 등에 있어서 남달라야 하는 게 있나요? 어떤 매력이 있고, 또 어떤 점이 마음에 들지 않나요? 잡지 매체가 점점 더 살아남기 어려운 시대를 살고 있는데 대안이 있을까요?

김은령

" 결혼 날짜도 '길일'이 아니라,
마감 후가 먼저예요. "

한동안 영화계에 할리우드 키드가 있었던 것처럼, 저는 매거진 키드였어요. 집에 잡지가 워낙 많았는데 어렸을 때는 아기 잡지, 조금 커서는 〈소년중앙〉, 〈새소년〉 같은 어린이 잡지, 그 후에는 〈소녀시대〉, 〈여학생〉을 봤고 일본 문화 개방 전, 어둠의 유통망을 통해 〈논노〉, 〈앙앙〉을 사보았고 록 음악과 축구, 야구에 빠져버린 후에는 음악 잡지와 스포츠 잡지까지 사 모았죠.

대학교에 들어가서는 그때 막 한국에서 라이선스로 발행되던 패션 잡지를 보며 늘 속으로 '내가 만들면 더 잘 만들 수 있을 거 같아' 하고 생각했어요. 제가 아는 모든 것들은 책과 잡지를 통해 배운 것이었어요. 현실의 강력한 한 방을 맞고 나면 휘청거릴, 얇고 팔랑거리는 습자지 같은 지식이었지만 결론적으로, 오만 가지 이야기를 다루는 잡지를 만들 때에는 나름 도움이 되었던 것 같습니다.

잡지는
취향과 관점의 비즈니스

대학을 졸업하고 뭐가 하고 싶은지 몰라 여기저기 입사 시험을 보던 중에 우연히 잡지사에서 신입기자를 뽑는다는 신문 광고를 보고 지원했어요. 면접 보러 간 회사 사무실이 너무 예쁜 데다가 일하는 직원들이 청바지를 입고 일하는 모습에 반해서 여기서 일하고 싶다, 생각했었어요.

일을 하다 보니 잡지는 '취향'과 '관점'의 비즈니스더군요. 세상에는 항상 수많은 일들이 벌어지고 수많은 흥미로운 인물이 존재하고 수많은 신제품이 등장하는데 그중에서 어떤 것을 선택해 어떻게 소개할지 나름의 기준이 필요하지요. 모든 사람을 만족시키려는 잡지는 결국 아무도 만족시키지 못하는 잡지가 되어버리기에 독자는 누구이고, 비즈니스 파트너들은 누구인지 계속 고민해 기사를 결정하게 됩니다.

기자로 일할 때에는 내 기사를 통해 이런 결정을 내리고, 편집장으로 일할 때에는 책 전체를 놓고 이런 결정을 하며, 그 다음 단계에서는 비즈니스 전체를 놓고 어떤 내용을 다룰지 만큼이나 어떤 내용을 다루지 않을지 고민을 하게 됩니다. 이렇게 크고 작은 결정을 해야 하는 것이 피곤하고 지치기도 해서 식당에 밥 먹으러 가면 메뉴 결정하는 일은 절대 하지 않습니다. 그냥 '오늘의 백반' 같은 것을 고르거나 다른 사람에게 결정을 미뤄 나오는 것을 먹을 정도이지요.

처음 일을 시작했을 때에는(언론이나 미디어 관련한 전공을 했다고 해도) 학교에서 배운 이론들은 크게 도움이 되지 않아서 선배들을 따라다니며 하나씩 배워야 했어요.

그나마 기자 때에는 그냥 내가 맡은 일을 잘하는 것이 중요해서 열정과 노력으로 어떻게 커버할 수 있었는데 이른 나이에 갑자기 편집장이 되고 보니 모르는 것투성이였죠. 신문이나 방송의 역사, 언론의 소명 같은 것을 알려주는 수업은 있어도 좋은 기자나 데스크가 되는 방법을 알려주는 학교나 기관은 없었거든요.

그래서 서른네 살 때 갑자기 편집장이 되고 제일 먼저 한 일은 '잡지', '편집', '편집장'이라는 주제의 책을 찾아보는 것이었어요. 국내에 나와 있는 책이 거의 없어서 아마존으로 검색해 주문하는 바람에 매달 한 번씩 책 더미가 날아왔죠.(요리와 연애와 반려동물 보살피기는 물론이고 일하는 법도 책으로 배웠네요.) 아무리 책을 읽는다고 한들 좋은 편집장이 되기는 어려웠겠지만 내가 앞으로 해야 하는 일이 어떤 일인지 파악하는 데에는 의미가 있었죠.

잡지 기자는 기획하고 취재하고 글도 쓰지만 '그림'을 만들어 내는 일도 하고, 이벤트나 디지털 기획도 해야 하고, 아무튼 오만 가지 일을 경험하게 됩니다. 잡지 기자일을 해본 사람은 못 할 일이 없다는 농담이 있는 것도 그래서지요.

한 달에 한 번,
'넘으면 죽는' 데드라인

잡지 기자에게 가장 중요한 것은 마감 지키기. 잡지만이 아니라 신문과 방송 기자 모두에게 해당하는 일이겠지만요. 마감 때에는 친구나 연인, 가족들과도 약속을 잡지 않고 이때는 아파서도 안 된다고 농담을 하지요. 결혼식 날짜를 잡을 때도 '길일'이 중요한 게 아니라 '마감 후'가 중요해요. 모든 일상이 멈춰버리고 모든 에너지와 관심을 마감하는 데 써버리는 일이 한 달 단위로 반복됩니다.

무언가를 만들어 자기 마음에 들 때까지 고치고 손보는 건 예술가들에게는 가능할지 몰라도 기자들에게는 말도 안 되는 일이에요. 마감을 영어로 '데드라인'이라고 부르는 건 그 의미 그대로 '넘으면 죽는' 선이기 때문이에요. 정기간행물이라는 이름에서 알 수 있듯이, 정해진 날짜와 시간에 결과물이 나와야 하고 이것이 기자 일에서 힘든 부분이기도 하고 가장 매력적인 부분이기도 해요.

"매달 똑같이 돌아오는 마감인데 왜 미리미리 준비하지 않고 이렇게 급하게 닥쳐서야 늦게까지 일한다고 난리냐?"라고 묻고 싶으시죠? 네, 저의 부모님은 물론 친구들과 남편이 지난 30여 년간 늘 하는 이야기랍니다.

그런데 그게 잘 안 된답니다. 예상치 못한 사고는 늘 일어나고, 끝났다 싶으면 새로운 배당이 갑자기 들어오기도 하고. 야외에서 패션 화보 찍느라 옷을 50벌쯤 빌렸고 촬영 스태프도 20명쯤 되는데 촬영 당일 비가 내리면 정말 다 그만두고 싶어요. 취재원이 통보도 없이 인터뷰나 촬영 장소에 나타나지 않을 때도 있고. 그냥 머피의 법칙 속에서 살아가는 것 같아요. 일이 생기지 않으면 오히려 불안해져서 '이렇게 순탄하게 진행될 리가 없는데' 하고 생각하는 지경에 이르기까지 하죠.

귀찮은 일은 싫어하기 때문에 오히려 빨리 하고, 싫증도 쉽게 내는 성격이라 한 달 단위로 새롭게 일하는 잡지에 잘 맞았어요. 이번 달 진행한 기사와 책이 마음에 들지 않으면 술 한 잔 마시고 "아, 몰라, 이번 달은 망한 거 같은데 다음 달에 더 잘 만들자" 하고 위로 삼는 일의 연속. 매달 한 번씩 인생을 '리셋'하는 방식으로 책을 12권 만들면 1년이 후딱 지나가 버립니다.

남보다 최소 한두 달은 먼저 살아야 하는 바람에 아직 낙엽도 안 떨어졌는데 크리스마스 특집을 준비해 잡지에 소개하고 나면 정작 크리스마스 때에는 다 시들하고 시큰둥한 속에서 다음해 설 특집을 고민하는 일의 연속이지요.

모래바람 속을 걸어가는 기분이지만

제가 일을 시작한 90년대 중반이 잡지의 전성기였던 것 같아요. 그러다 인터넷의 시작을 목격했고 스티브 잡스가 만든 아이폰 탄생의 증인이 되었으며 수많은 소셜미디어의 등장을 확인하며 디지털의 세상으로 빠르게 옮겨가게 되었습니다.

하지만 20분짜리 유튜브 동영상을 보며 글로 하면 3분에 끝날 것을 왜 저렇게 길게 소개하나 의문이 들고, 전자책과 음원 스트리밍보다 책과 음반처럼 손으로 만질 수 있는 것들이 더 편하니 디지털 원주민이 될 수 없는, 애매한 '유목민' 정도로 살고 있습니다.

세상은 얼마나 빨리 바뀌는지, 사람들의 시간과 관심을 놓고 다른 잡지가 아니라 넷플릭스와 유튜브와 팟캐스트와 경쟁을 벌여야 하니 몸과 마음이 고달프네요. 앞이 보이지 않는 모래바람 속을 걸어가는 기분이 드는 건 저뿐만은 아니겠죠.

요즘은 잡지와 신문도 디지털 콘텐츠를 강화하며 소셜미디어나 인터넷 전문 미디어와 경쟁을 벌이고 있지요. 재미있는 건, 디지털 콘텐츠가 대중화되면서 다시 바스락거리는 페이지를 손으로 넘기고 마음에 드는 부분은 오리거나 찢어서 보관해두고 긴 호흡으로 사진과 글과 레이아웃을 감상하는 종이 잡지가 색다르다고 느끼는 새로운 독자들이 등장했다는 것이지요. 그래서 여전히 거의 비슷해 보이는 수십 장 사진 속에서 제일 나은 한 컷을 고르기 위해 모니터를 눈이 빠지게 들여다보고 있습니다.

모든 일이 그렇듯 잡지에 실리는 A컷 뒤에는 수많은 B컷, C컷, D컷들이 있으니 잡지 페이지를 넘길 때 조금 더 오래, 관심 갖고 봐주세요!

pros and cons
일하는 사람으로서 장단점

마녀체력

출판 편집자로서 일을 하려면 몇 가지 덕목이 필요해요. 물론 보통의 다른 직장인들처럼 성실함이나 책임감 등은 기본 전제로 깔아야겠죠. 하지만 그것만이 본인의 강점이라면, 오히려 공무원 같은 일이 더 맞을지도 모릅니다.

내가 꼽는 편집자로서의 가장 큰 덕목은 '호기심' 같아요. 그 호기심의 안테나를 메뚜기 더듬이처럼 세우고, 내게 쏟아지는 수많은 소식과 정보를 받아들이죠. 그중에 '이게 궁금하다' 싶은 것을 걸러내서 잘 이해되는 방식으로 깔끔하게 큐레이션 하는 능력이 필요합니다. 그런 점이 편집자로서 내가 가진 강점이라고 생각해요.

나한테 부족한 면이 뭔지도 이제는 잘 압니다. 만약 열망과 치열함이 남달랐더라면 좀 더 큰 출판인으로 살았겠지요. 리더나 경영자로서의 역량이 부족하다는 것도 일찌감치 알았어요. 그런 지위나 성과를 간절히 바란 적도 없고요. 가끔 궁금해요. 도대체 이런 개인의 성향이나 기질은 언제부터, 어떻게 길러지는 걸까, 하고.

일하는 사람으로서 본인의 가장 큰 덕목은 뭐라고 생각해요? 단점을 잘 알고 있나요? 그것을 극복하려고 노력해봤나요? 어떤 사람이 일을 잘하는 건가요?

김은령

" 남들과 대체되지 않는
나만의 장점을 부각하려고 해요. "

저도 선배와 비슷한 것 같아요. 좋은 기자가 되지도 못했고 좋은 편집장도 못 되었던 것 같아요. 뭔가 다 어설프게 일하다 커리어를 끝내고 마는 것 아닌가 하는 느낌……. 무슨 문제가 있었을까요? 덜 치열했나? 덜 영리했나? 덜 전략적이었나?

관리직이 된다는 것은 현업에서 내가 직접 부딪히고 경험하며 문제를 푸는 것이 아니라, 직원들이 가져오는 문제를 같이 해결하는 동시에 앞으로 어디를 향해 가야 하는지 보여줄 수 있어야 하는데, 이렇게 현재를 살면서 미래를 함께 살아야 하는 것이 생각보다 힘들어요. 내가 지금 일을 잘 하고 있는 것인가 늘 고민하게 되지요.

학비를 내는 학교와
월급을 받는 회사는 다르니

저의 단점은 너무 많아서 세기 힘들지만, 우선 성격이 급하고 싫증을 잘 내고 기본적으로 귀찮은 것은 싫어하고 하기 싫은 일은 끝까지 미뤄두고 별로 다정하거나 세심한 편도 못 되고…….

장점은 그렇기 때문에 나 자신을 믿지 않는다는 거예요. 이를테면 밤에 시험공부를 하다가 졸리면 "지금 좀 자고 내일 아침에 일어나서 공부하자"라고 생각하게 되는데, 나는 절대로 아침 일찍 일어나 공부할 수 있는 사람이 아니라는 것을 이미 알고 있어서 그냥 오늘 저녁 조금 더 늦게 하다 마음 편하게 자는 쪽을 선택하지요. 쓸데없는 데에서 낙관적이 되어 할 수 없는 일을 할 수 있다고 생각하는 것보다 현실을 직시하고 받아들이는 편이 정신건강상 더 나으니까요.

개인적인 면에서는 매일 더 나은 인간이 되려고 조금이라도 노력하고 반성은 합니다.(뭐 그래도 잘 되지는 않더라고요.) 학교생활이나 개인적인 삶에서야 자신에게 부족한 것을 발견해 채우는 과정이 의미 있겠지만 일을 해야 하는 직장에서 단점을 보완하는 데 지나치게 집중하는 것이 과연 맞을까 싶어요. 나에게 부족한 점을 이미 장점으로 갖고 있는 다른 사람이 수도 없이 많거든요.

내가 영어를 잘 못하면 회사는 내가 영어 공부를 해서 잘하게 될 때까지 기다려주는 것이 아니라 그냥 지금 영어 잘하는 사람을 찾을 거예요. 그 편이 조직이나 전체를 보아서는 훨씬 효율적이니까요.

학비를 내고 공부하는 학교와 월급을 받고 일하는 회사의 차이를 생각해야지요. 그래서 남보다 더 잘하는, 다른 사람이 대체할 수 없는 나의 장점을 부각시키고 강조하면서 일하는 것이 더 낫다고 생각해요. 어차피 완벽한 사람이란 존재할 수 없고 "이런 점이 좀 부족하긴 해도 저런 면에서는 장점이 있으니 저 사람과 일을 하면 좋을 것 같다"라는 인정을 받는다면 좋겠지요.

'양'은 결국 '질'로 치환, 지겹게 많이 해봐야

"항상 이 세상에서 히트칠 수 있는 게 무엇인지 생각하며 시간을 보낸다."

아티스트 무라카미 다카시의 인터뷰에서 가장 기억에 남았던 말인데, 직장인이건 자영업자이건 아티스트이건 이 세상에 무엇을 내밀어 보일 수 있을까, 무엇으로 '어필'할 수 있을까를 고민하는 것이 맞을 것 같습니다.

이렇게 일단 일은 '잘하고 싶어야' 잘하는 것 같아요. 이 분야에서, 이런 일에 있어서는 정말 잘해보겠다, 이 업계에서 최고가 되어보겠다, 뭐 그런 결심 비슷한 것이 있어야 시동을 걸 수 있지 않을까요? 잘하고 싶은 마음이 없는 사람이 무언가 잘 해낼 확률은 거의 없다고 봐야지요.

하지만 잘하겠다고 마음먹은 것만으로는 충분치 않습니다. 말로 머릿속에서만 잘하는 게 아니라 몸으로 움직여야 해요. 줄넘기를 잘하고 싶다면, 줄넘기 잘하기를 바라고 있을 게 아니라 손에 줄을 잡고 발을 굴러야 하는 거죠.

오래전 읽은 이야기가 생각나요. 신앙심이 깊은 사람이 마차를 몰고 가다가 바퀴가 진창에 빠졌어요. 이 사람은 마차에서 내려 무릎을 꿇고 열심히 자신이 섬기는 신에게 기도를 드렸죠. 그랬더니 신이 다가와서 이렇게 말하는 거예요.

"기도도 좋긴 한데, 이왕이면 마차를 좀 밀어보면서 기도를 하면 어떻겠니."

저에게 무슨 일이 생겨 요행이나 행운을 바라게 될 때에는 이 이야기를 떠올리지요. 세상에 공짜는 없으니 뭐라도 좀 해놓고 행운을 기다리는 걸로. 요리사가 되고 싶으면 음식을 많이 만들어봐야 하는 거고 기자가 되고 싶으면 취재하고 기사 쓰는 걸 많이 해보는 것이 중요하지요. 양은 결국 질로 치환된다고 생각해요. 일단 지겹게 많이 해봐야 이게 나에게 맞는 일인지 알 수 있고, 기술도 익히고 자기 스타일도 잡을 수 있으니까요.

현장 경험은 필수, 단계별로 완벽함에 다가가기

한 가지 더, 일을 많이 해보겠다고 마음먹었으면 '현장'으로 달려가기. 검색만 하면 모든 자료가 줄줄 나오는 세상이니 그럴 듯한 정보는 넘쳐나지요. 금세 베끼고 흉내 낼 수 있으니 다른 사람보다 나으려면 현장에서 목격하고 확인하고 경험한 것들이 많아야 할 것 같아요.

그 다음은 속도를 높이는 것. 세상은, 특히나 비즈니스 현장은 '깜짝 쇼'를 좋아하지는 않아요. 예술가라면 오래오래 준비해 완벽한 결과물을 내놓아도 될지 모르겠지만 일을 할 때에는 그게 맞는 방향인지, 제대로 된 결과물인지 혼자만의 생각으로 결정하고 판단하는 것은 위험한 일이에요. 그러니 빨리 끝내고 다시 확인하며 완성도를 높이는 것이 필요해요.

예를 들어 기사를 쓴다면 초고를 빨리 쓰고 그 다음에 다시 보충하고 재편집하고 손보며 완성도를 높여가는 방식이지요. 완벽함을 한번에 보여주려 하지 말고 단계별로 추구하는 것이 훨씬 효율적일 것 같아요. 그 과정에서 동료나 선후배나 상사에게 적절한 피드백을 받을 수 있다면 더 좋을 것 같고요. 그 피드백은 일과 관련한 것이니 개인적으로 해석하지는 말아야 하고…….

이런 이야기를 하다 보니 내가 꼰대인 것 같은 생각이 드는데, 그래도 마지막 하나를 더한다면 건강할 것. 좋은 아이디어는 물론이고 인내심과 여유와 친절함도 결국 체력에서 나오는 것이니까요.

retirement

퇴사 후 새롭게 해보고 싶은 일

마녀체력

50세 즈음에 이르러 회사를 그만 다니기로 결심했습니다. 가장 큰 이유는, 다니던 회사가 집에서 멀리 떨어진 파주로 이전을 했기 때문이에요. 왕복 3시간 넘게 매일 출퇴근을 하는 데 써야 하는 시간이 아깝더라고요. 더 이상 젊지 않은 내게는 남은 시간이 많지 않으니까요. 같은 일을 오랫동안 해온 만큼 권태감도 들었습니다. 이만큼 했으면 충분하다 싶었죠.

별 계획도 없이 우선 사표부터 냈습니다. 나머지 인생 동안은 새로운 일을 해도 좋고, 아니면 일을 하지 않아도 좋다는 엉뚱한 배짱이 생겼어요. 일을 안 해도 그다지 심심할 것 같지 않았고요. 그래서 지금은 돈이 생기든 안 생기든 가리지 않고, 하고 싶은 일만 내 맘대로 쏙쏙 골라서 합니다. 야호! '진정한 프리랜서'의 삶을 즐기고 있달까요.

아직까지도 활발하게 직장생활을 하고 있지만, 후배에게도 곧 회사를 그만둘 시점이 다가오겠죠.

정년퇴직을 하고 나서 60세 이후의 삶에 대해 생각해본 적이

있습니까? 갑자기 시간이 많이 생길 텐데, 새롭게 해보고 싶은 일이 있나요? 다가올 미래를 생각하면 뭐가 가장 걱정스럽나요?

김은령

" 더 이상 9 to 6는 하지 않을 거예요. "

얼마 전 사람들과 이야기하다 놀랍기도 하고 재미있기도 한 사실을 발견했어요. 요즘 20대들에게는 록 음악이 '꼰대의 음악'이라는 거죠. 우리 때에는 록 음악을 젊음과 반항의 음악이라고 생각했는데……. 하긴 지금 부장, 이사급이 되었을 40, 50대들이 좋아하는 음악이니 그렇게 보이겠구나 싶었어요.

내가 좋아하는 것, 내가 관심 있어 하는 것이 세상의 트렌드라고 생각했는데 더 이상 그렇지 않은 것을 확인한 지는 좀 오래되었습니다. 제가 막내 기자일 때 50대 초반의 상사가 어떻게 보였는지, 똑똑하게 기억하고 있으니까요. 오래전부터 조금씩 마음의 준비 비슷한 걸 하고는 있는데 여전히 익숙하지는 않은 기분이네요.

일을 시작할 때에는 3년 정도 기자 일을 하고, 그 후에는 대학원에 들어가 공부를 다시 시작해야지 하고 생각했어요. 인생에서 뭔가 깜짝 놀랄 만큼 새롭고 재미있는 일이 있을 것도 같았어요. 우연한 기회에 사장님께 그런 이야기를 했더니 그때 사장님이 "직장인에게 사표란 언제든지 낼 수 있는 것이니 그때까지는 그냥 하고 싶은 것들을 충분히 열심히 즐겁게 해보라"고 하셨어요. 그게 30년 가까이 될 줄은…….

요즘 제 또래 친구들을 만나보면 자기 일을 하는 사람이 아닌 직장인으로 계속 일하는 경우는 거의 없는 것 같아요. 주된 직장에서의 평균 퇴직 연령이 49세라는 시대를 살고 있으니 지금까지 이렇게 일할 수 있던 것은 그저 운이 좋았기 때문일 것 같네요.

다른 사람이 해놓은 것 말고, 내 인생의 이야기 만들기

선배 이야기처럼 '이만큼 했으면 된 거 아닐까' 하고 생각하게 되는 때가 오는 것 같아요. 요즘은 더 자주. 그러다 자연스럽게 퇴사나 퇴직을 한 후에는 뭘 할까 생각해봅니다. 그냥 머리에 떠오르는 것으로는 그동안 집이 터져나갈 정도로 사들여놓고 읽지 못한 책을 하나씩 읽어야 하고, 듣고 싶었던 음악도 들어야 하고, 시간 없다고 숨만 쉬었으니 폐와 심장이 들썩거릴 정도로 달리는 것도 해야 하고.

아, 절대 하지 않을 일도 있네요. 출퇴근은 더 이상 하지 않을 거예요. 일주일의 5일, 아침 9시부터 저녁 6시, 아니 훨씬 더 늦게까지 일하는 일도 이제 그만. 퇴사나 퇴직 이후 무얼 하며 어떻게 살지에 대한 계획을 정확하고 촘촘하게 세워놓은 사람들도 많던데 저는 아직 아무런 계획도 없어요. 어차피 일을 그만두면 시간이 많아질 테니 그때 계획을 세워볼까 봐요.

기자로 일하면서 매일 밖으로 나가 수첩을 꺼내 들고 남의 이야기를 듣고 적었으니 이제 그냥 천천히, 아무 목적 없이 세상을 경험해보면 어떨까 싶어요. 30년 가까이 다른 사람들이 해놓은 멋진 일을 소개했으니 이젠 내 인생에서 재미난 이야기를 한번 만들어볼까 생각 중입니다.

부족하게 살며, 에이지 트랩에 걸리지 않기

퇴직을 하면 제일 걱정되는 것은 역시 경제적인 문제겠지요. 엄청나게 돈을 벌어 놓았다거나 대단한 유산을 물려받은 것이 아니면 기본적으로 직장을 그만두는 순간, 삶의 질이 추락하는 것을 경험하게 되지요. 일하는 동안 꾸준히 연금을 내긴 했지만 이렇게 물가가 올라가는 상황에서 그 돈이 나중에 어느 정도 가치를 지닐지 모르겠어요.

직장에 다니는 동안에는 미래에 대한 대비를 별로 하지 않았던 것 같아요. 그냥 현재를 따라가는 것만으로도 정신없었거든요. 직장에 막 들어가 받은 월급이 얼마나 되겠어요. 그리고 그때는 갖고 싶은 것도, 하고 싶은 것도 많은 나이라 열심히 저축하겠다는 생각은 별로 못 했던 것 같아요. 구체적인 목표도 없는 주제에

'언제까지 직장생활을 할지도 모르는데 그냥 쓰고 싶은 대로 쓰자'라는 생각에 적금이나 보험도 제대로 들지 않았는데 정신을 차리고 보니 일은 오래 했는데 모아놓은 돈도 별로 없는 거예요.

그때는 티끌 모아봤자 조금 더 큰 티끌이라고 생각했던 것 같은데 지금 돌아보니 후회가 되긴 합니다. 그때 돈을 잘 모으고 투자를 잘 했다면 지금 내 인생이 달라졌을까……. 하지만 인생에서 제일 쓸데없는 것이 지나가 버린 시간에 대한 후회, 가끔 생각나 잠들 때 '이불 킥' 정도로만 하고 앞으로 잘할 궁리나 해봐야겠어요.

퇴사를 하고 나서도 무언가 일을 해서 돈을 벌어야 할 텐데 어떻게 하나. 만날 입으로 떠들고 글이나 쓰고 했지 별다른 기술이 있는 것도 아니고. 그러니 제일 먼저 해야 하는 것이 좀 부족하게 사는 연습이겠죠? 안 하고 안 사고 안 먹고 안 마셔도 아무 문제없는 것들이 얼마나 많은지 지금까지 확인했으니 마음의 준비를 단단히 하고 "나이 들어서 이러면 안 돼", "나이 들면 이렇게 해야 해" 하고 세상이 만들어 놓은 '에이지 트랩age trap'에 사로잡히지 않는 것부터 시작해볼 거예요!

지나간 과거에 얽매이지 않는 것처럼 다가올 미래에 너무 고민하지 않겠다고 생각날 때마다 다짐하고 있어요. 다짐대로 될지는 잘 모르겠지만요.

what if

만약 20~30대로 돌아간다면

마녀체력

한번 지나간 시간은 다시 돌아오지 않아요. 또한 메멘토 모리, 인간은 누구나 죽을 수밖에 없죠. 스스로 원해서 태어난 것이 아닌데 아무리 길어도 100년 정도의 세월을 살다가, 결국은 죽어서 무無로 되돌아가는 것이 인생이라고 생각하면 허무할 때가 있어요.

그래서 사람들은 시간에 대해 상상력을 발휘하기 시작했나 봐요. 고전이 되어버린 타임머신부터 시작해서 타임슬립, 타임루프, 타임리프처럼 시간을 거슬러 가는 소설이나 영화는 언제나 인기를 끌잖아요.

가끔 나도 그런 생각을 해봐요. 만약 내 의지를 갖고 살기 시작한 20대, 혹은 30대의 삶으로 되돌아갈 수 있다면 뭘 열심히 해볼까. 게다가 이번 삶을 망각하지 않고 현재의 기억을 그대로 간직한 채 같은 실수를 반복하지 않는다면.

우선은 우유랑 고기를 많이 먹고 잠을 충분히 자서, 지금보다 키가 커지도록 인위적으로 노력할 거예요. 노래를 잘해서 직업으로 삼을 만큼 연습해보고 싶고, 뮤지컬 배우로 살면 신날 거 같아요. 좋아하는 사람 앞에서 망설이는 일 없이, 짝사랑 같은 거 말고,

뜨거운 연애를 질리도록 실컷 해봐야지. 시골의 작은 마을에 내려가서 한 10년간 아이를 둘, 셋 키우며 살아봐도 좋겠어요.

후배는 어떻게 다시 살아보고 싶어요? 후회되는 게 있나요? 무엇을 준비하고 무엇을 보충하면 좋을까요? 지금과는 영 다른 노선으로 살고 있을까요?

김은령

"좀 빨리 인생의 한 부분에서
온전히 혼자
살아볼 거예요."

저는 그냥 다 후회스럽기는 해요. 왜 나는 이렇게 별로인 인간이 되고 말았을까, 왜 이렇게 생각없이 살았을까. 입버릇처럼 '이번 생은 망했어……' 하고 이야기하는데, 선배 이야기를 듣고 곰곰이 생각해 보았습니다. 막상 생각해보니 그렇게 나쁘지 않았던 것 같기도 하네요. 제가 좋아하는 일을 직업으로 삼았고, 그 덕에 어린 시절 우상들을 직접 만날 수 있는 '덕업일치'의 삶을 살 수 있었으니까요.

'내 몸 사용법'을 제대로

현재의 기억을 간직한 상태로 다시 살아볼 수 있다면, 저는 몸을 제대로 쓰는 법을 익히고 싶어요. 어려서부터 운동은 말할 것도 없고 몸을 움직이는 것조차도 귀찮아해서 앉아서 친구들과 떠들거나 책을 읽거나 영화를 보거나 음악을 듣거나 하는 것이 취미와 휴식의 전부였지요. 지금도 크게 달라지지 않아서 쉬는 시간에는 휴대폰으로 검색을 하거나 유튜브나 넷플릭스를 보는 것이 전부예요. 머리와 눈과 귀와 손가락만 움직이며 살고 있네요.

이대로 계속 나이 든다면, 가느다란 팔다리에 배는 나오고 손가락 끝만 발달한, 어려서 보았던 영화 속 ET와 비슷한 모습이 되는 것이 아닐까 하는 생각이 들 정도예요. 정신적인 것, 비물질적인 가치에 중점을 두라고 세상은 이야기하지만 제 생각에 제일 중요한 것은 극히 물질적인 것입니다. 이를 테면 '몸' 같은 것 말이에요.

사람은 갖고 있는 능력과 잠재력을 다 써보지 못하고 죽는다고 하는데, 몸도 마찬가지인 거 같아요. 분명 내 심장은 지금보다 훨씬 더 빨리 뛰도록 만들어졌을 거고 제 팔은 훨씬 더 무거운 것을 들 수 있도록 만들어졌을 텐데 주어진 것만큼 쓰지를 않으니 기능이 점점 쇠퇴하고 있달까.

근력을 키우고 자세 교정도 하기 위해 전문가와 함께 한동안 운동을 했는데 안 쓰는 바람에 짧아진 근육을 찾아 늘이고 유연하게 만드는 동작을 계속해서 반복하는 과정이었어요.

나 자신이 어떻게 움직이는지는 실제로 인식하지 못하다가 언젠가 걷고 뛰는 모습을 동영상으로 찍어본 적이 있어요. 흉한 걸 넘어서 비참한 느낌이 들 정도였죠. 어깨는 긴장해서 솟아 있고 등은 구부정하고 거북목에 팔자걸음. 분명히 이렇게 움직이라고 인간의 몸을 만들지는 않았을 것 같았어요. 그러다 보니 운동선수라거나 댄서처럼 물 흐르듯 부드럽고 동시에 또 강하게 움직일 수 있는 사람을 보면 넋을 잃고 쳐다보게 됩니다.

세상을 휘어잡고 살 정도는 아니어도 나에게 온전히 속해 있는 내 몸 정도는 내가 제대로 컨트롤 하고 싶은데 가능하면 이런 사실을 일찍 알고, 달리고 수영하고 뛰어내리고 춤을 추는 것에 익숙한 몸을 만들고 싶어요. 운동을 열심히 하는 선배가 이런 이야기를 듣는다면…… "지금부터 하면 얼마든지 그렇게 움직일 수 있어"라고 하겠죠?

너무 조심하지 않고, 온전히 혼자 살기

또 하나는 다시 산다면, 너무 조심하지 않고 막 살아보려 해요. 무슨 큰일이라도 날까 봐 발끝 세워서 살금살금 걸어가듯이 살 필요는 없는 거였어요. 내 인생 뭐 그렇게 대단하다고. 시간표대로 수업하는 것처럼, 고등학교 졸업하면 당연히 대학을 가고 대학 졸업하면 대학원 가거나 취직을 하고 적당한 나이에 결혼을 하는 일반적인 길을 모두가 당연하게 여기죠.

저도 이런 경로에서 크게 벗어나 살아보지 못한 것 같아요. 대학교를 졸업하고 일을 시작한 후로도 한 번도 쉬어본 적 없이 그냥 죽 커리어를 이어가다 보니 어딘가 잠시 빈틈도 없네요. 촘촘하게 찍힌 점들을 최단거리로 연결하듯 사는 것이 당연하다고 생각하는데, 그렇게 사는 인생이 그렇게 살지 않는 인생과 얼마나 크게 달랐을지 모르겠어요.

'백세 시대'라고 이야기하지만 세상은 우리 모두를 자꾸 애늙은이로 만들려고 하죠. 새로운 대륙을 발견하고 세상을 바꾸는 '모험'을 하겠다는 것도 아니고 그냥 내가 무얼 정말 하고 싶은지, 무얼 하기 싫은지 멈춰 서서 생각해보는 '탐구' 정도 해보겠다는 건데.

그러니 철들고 좀 이른 시기에 반드시 '갭 이어gap year' 같은 걸 가져보겠어요. 할까 말까 싶을 때에는 '한다'가 답이라고 머릿속에 집어넣고 어슬렁거려도 보고, 고될 정도로 몸을 움직여보고, 그림도 그렸다 노래도 했다, 아무튼 눈에 들어오는 것들을 이것저것 해보는 것으로.

마지막 하나는, 젊어서 온전히 혼자 독립적으로 살아보는 것이에요. 서울에서 태어나 자라고 회사를 다니다 보니, 학교나 회사를 따라서 사는 도시를 옮긴 적도 없네요. 결혼 전까지는 부모님과 함께 살았고 늦게 결혼하다 보니 혼자서 삶을 완벽하게 책임졌던 적이 별로 없는 것 같아요. 내가 안 해도 대신 하는 사람이 있고 늘 주위에 도와주는 가족이나 친지, 친구가 있어 책임을 미루고 핑계를 댈 여지가 너무 많아서 응석을 부리는 인간으로 오래 살았던 것 같은 민망함이랄까.

사막 한가운데나 북극에 떨어져도 씩씩하게 알아서 잘 살 것 같은 사람들을 가끔 주위에서 보게 되지요. 이런 사람에게는 누구에게도 의지하지 않고 완벽하게 독립적으로 살아본 경험이 주는 건강하고 긴장감 넘치는 에너지가 있어요. 자신을 잘 챙기는 사람이 주위도 돌아볼 줄 알지요.

인생의 한 부분에서는 온전히 혼자 살아보며 정서적, 경제적, 물리적으로 자립심을 키워볼 거예요. 아무도 모르는 낯선 곳에서 일을 구하고 생활을 꾸리고 다른 사람도 도와주며 살 수 있다는 것을 이른 나이에 확인하고 빨리 진짜 어른이 되어 봐야겠어요.

회사는,

실행을 위한 장소.

잡지는,

취향과 관점의 비즈니스다.

Woman

우 리 는

단 단 한

여성입니다

Woman

더 나은 오늘을 바라는
X세대 후배가 묻고

**변화의 물결을 헤쳐온
386세대 선배가 답하다**

feminism

당신은 페미니스트입니까

김은령

제 또래는 '페미니즘'을 정식으로 교육받은 첫 세대가 아닐까 싶어요. 여성들을 교육하기 위해 만들어진 학교를 다녀서 더 그랬을지도 모르겠네요. 대학에서 여성학 과목이 필수인 것은 말할 것도 없고, 전공인 영문학 시간에도, 사회학과 신문방송학 수업에서도 페미니즘 시각을 배웠죠.

졸업 후 일을 시작하면서 사단법인 '또 하나의 문화'가 펴낸 책과 잡지를 읽었고 1994년에 열린 전시회 '여성 그 다름과 힘'을 통해 윤석남, 이불, 박영숙 작가들의 페미니즘 미술을 처음 접하기도 했고요. 내가 나로 살아갈 수 있으려면 페미니즘이 필요하다는 생각에 "당신은 페미니스트입니까?" 하고 물으면 크게 고민하지 않고 그렇다고 이야기했었죠.

그런데 요즘 이 단어의 어감이 달라졌는지 필사적으로 "아니에요" 하고 답하는 모습을 자주 보게 되지요. 페미니즘을 반대하는 정치인을 상상하지 못했는데 그런 일이 실제로 벌어지기도 했고요. 차별을 반대하고 평등을 요구하는 목소리가 비아냥과 경계와 놀림의 대상의 되어버린 상황이 당황스러움을 넘어 두렵기까지 합니다.

그래서 예전 같으면 크게 신경 쓰지 않았을 "페미니스트인가요?" 하는 질문에 "네, 맞아요, 페.미.니.스.트.예요" 하고 힘주어 대답을 하게 되지요. 그게 여성들의 생존과 권리를 위해 고생하며 싸워준 우리의 할머니, 어머니, 선배와 동료, 후배들과의 유대를 떠올리는 시작이 되니까요.

선배는 이 질문을 받으면 어떻게 대답을 할 것 같은지요?

마녀체력

" 네, 맞아요!
나는 페미니스트입니다. "

얼마 전, 기획위원으로 있는 한 매체의 회의에 참석했습니다. 한 달에 한 번 만나는 모임인데, 원래는 밥을 먹으면서 진행하는 화기애애한 자리였지요. 그동안 코로나 때문에 줌으로 간단히 하고 넘어가다가 2년 만에 다시 회의실에서 얼굴을 마주 보고 앉은 겁니다.

구성원들이 죄다 선후배들 사이라 허물이 없는 편인데도 간만에 만나서 그런가, 장소가 달라져서 그런가, 평소와 달리 경직

되고 진지한 분위기가 이어졌어요. 다른 이들도 똑같이 느꼈는지, 회의를 마치자마자 한 분이 말했습니다.

"다음 회의부터는 좀 더 '리버럴'하게 하시지요."

와르르 웃음이 쏟아지면서 다들 한마디씩 보태기 시작했습니다. 회의 장소를 다시 식당으로 바꿔야 한다, 맥주라도 한 잔씩 마시면서 하자, 양복 말고 캐주얼한 옷을 입고 오는 건 어떠냐, 후배들이 대놓고 말을 못 하니 야자 타임을 갖자, 너무 늘어지니 밥부터 먹고 하면 좋겠다, 등등.

페미니즘,
온도 차가 커져 버려

재미있었어요. '리버럴'은 분명 자유나 진보를 의미하는 단어인데 해석하는 사람들은 제각각 다른 뜻으로 받아들였으니까요. 어쩌면 요즘 시대에 '페미니스트'란 말도 이와 비슷하지 않나 싶습니다. 예전처럼 많이 기울어진 운동장에서는 비교적 그 의미가 단순했지요. 여성의 권리나 권익을 지지하고 표방하는 것만으로도 페미니스트라고 자부했으니까요.

지금은 추구하는 노선의 스펙트럼이 다양하고, 그 말에 따르는 책임 의식이나 행동 규범 또한 쉬워 보이지 않습니다. 남녀에 따라 받아들이는 격차가 크고, 같은 여성끼리라도 세대에 따라 온도 차이가 심한 것 같아요.

오래전부터 '여성 민우회' 활동을 해온 선배님이 해준 이야기예요. 퇴근 후에 드라마 〈나의 아저씨〉를 보고 있었대요. 하도 주위에서 좋은 드라마라고 추천하기에 무슨 내용인가 궁금했답니다. 그런데 갓 대학에 들어간 딸내미가 새된 목소리로 엄마한테 대들 듯 말하더래요.

"엄마는 페미니스트라면서, 그런 저질 드라마를 보면 어떡해요?"

아마도 나이 차가 많이 나는 남녀를 주연 배우로 내세운 설정, 그리고 여성에게 폭력을 가하는 장면만 보고 무조건 '반페미니즘'이라고 판단했나 봅니다. 내가 보기엔 '한 약한 인간이 (자기 앞가림만 하기에 힘든데도 불구하고) 더 약한 인간에게 품은 선의와 관심'을 보여준 일종의 사회 드라마였거든요. 이런 세대 차이 때문에 요즘엔 딸을 키우는 엄마들이 훨씬 더 민감하게 세상의 흐름을 따라가는 추세입니다.

요즘 여자 학생들이 앞머리에다 헤어 롤을 달고 다니는 걸 본 적이 있나요? 처음엔 빼는 걸 까먹고 나왔나 싶었는데, 일부러 하고 다니는 거래요. 지하철 안에서 화장을 하는 행위와도 비슷한 것 같습니다. 좋아하는 사람들 앞에서 완벽한 컬을 유지하는 것이 중요하지, 나와 상관없는 주위의 시선쯤은 아랑곳하지 않겠다는 여성들 나름의 유행이자 시위인 셈입니다. 〈뉴욕타임스〉에서는 그 현상을 이렇게 분석했더군요.

> "젠더에 대한 관념 및 미적 기준의 변화이자, 세대 구분의 상징이 되고 있다."

아직도 남들 앞에서 화장을 고치는 게 쑥스러운 나 같은 구세대는 복잡한 심정이 되곤 합니다. 만약 시위의 의미라면 굳이 헤어롤 같은 것으로 표현해야 하나…….

한편으로는 그런 식으로라도 밖으로 드러내야 할 만큼 여성성이 억눌려 있는 것 같아 안쓰럽기도 합니다. '노브라' 차림으로 돌아다니든, 탱크 탑에 쫙 달라붙는 짧은 팬츠를 입고 조깅을 하든, 여성을 남성과 똑같은 그저 사람으로 아무렇지 않게 쳐다보는 세상이 오기를 바라는 1인이니까요.

자기만의 페미니즘

정희진 작가는 록산 게이가 쓴 《나쁜 페미니스트》(사이행성, 2016) 책의 추천사에 이렇게 썼습니다.

> 우리는 모두 '자기만의 페미니즘'을 가질 수 있고, 가져야 한다.
>
> _P. 6

그럼 이번엔 내 얘기를 좀 해볼까요? 여자 중학교를 다닐 땐 성적이 썩 우수하지 않았어요. 고등학교에 진학하고 나서 눈에 띄게 좋아졌습니다. 뒤늦게 정신을 차렸냐고요? 맞아요, 새로 생긴 남녀공학에 배정된 덕분이었습니다.

첫 시험을 치르고 나자, 게시판에다 전교 20등까지 석차를 좌르르 붙여놨지 뭡니까. 거기에 죄다 남학생 이름만 있어서 큰 충격을 받았습니다. 게다가 몇몇은 어릴 적에 코를 질질 흘리며 까불던 동네 애들이었지요. 여자친구들한테는 생기지 않았던 경쟁심이 급작스럽게 불타올랐습니다. 물리적인 힘은 못 따라가더라도 적어도 성적으로는 남학생에게 지고 싶지 않다는 마음이 내게는 페미니즘의 '씨앗'이었는지도 모르겠네요.

대학생이 되고 나서야 이론과 실전을 통해 유교적으로 옭아매던 단단한 껍질들을 부숴 나갔습니다. 밖으로는 독재 권력과 투쟁하고, 안에서는 여전히 고리타분한 남성 권위와 싸워야 했던 시절이었어요. 길거리에서 담배를 피운다고 여학생이 따귀를 맞는 어이없는 일도 벌어졌으니까요. 막연하고 유약하던 소녀의 허상에서 벗어나 여성으로서 어떻게 살고 싶은지 단단하게 세계관을 다져 나갔습니다.

특히 결혼 생활에서는 남편과 아내가 평등하고 자유로울 것. 그렇게 살기 위해선 경제권을 가져야 했고, 내 밥벌이는 스스로 하겠다는 생각을 놓지 않았습니다. 가정 내의 성평등. 겨우 이 정도가, 내가 열심히 실천해온 소박하기 그지없는 페미니즘이라고 고백합니다.

어느 유명한 여성학자가 저의 첫 책《마녀체력》을 읽고 나서, "요즘 시류에 어울리는 새로운 페미니즘의 일종"이라고 평해주셨어요. 운동을 하고 체력을 키우면서 더 단단한 인간으로 성장한 내 경험이, 다른 여성들에게까지 비슷한 영향을 미칠 수 있다면 더 바랄 것이 없겠습니다. 여성의 삶에 도움이 되는 글쓰기, 앞으로는 그렇게나마 내가 잘할 수 있는 분야를 실천하면서 살 밖에요.

그럼에도 불구하고 나만 옳다고 고집하는 꼰대라거나, '라떼는 말야'를 반복하는 후진 기성세대가 될까 봐 두렵습니다. 그렇게 되지 않으려면 정신 똑바로 차리고 늘 약자의 편에 서서 생각하고, 행동하고, 바꿔 나가야 하겠지요. 아직까지도 여성은 남성에 비해 차별 받고 불리한 점이 많은 약자가 아닙니까. 그렇다면 당당히 말하겠습니다.

"네, 맞아요! 나는 페미니스트입니다."

marriage
결혼, 출산 그리고

김은령

결혼을 늦게 한 편인데 내내 주위에서 "도대체 왜 결혼을 안 하냐?" 하는 이야기를 지치도록 들었어요. 안 하는 건지, 못하는 건지, 독신주의인 건지, 캐묻는 사람도 많았고요. 결혼하고 싶은 사람을 만나 늦게 결혼을 했더니 이번에는 "도대체 왜 아이를 안 낳느냐" 하고 물어오는 거예요. 그러다 이런 생각이 들었어요. 이런 질문을 하는 사람은 나에 대한 관심이 별로 없는 거라고. 저와 친하거나 저를 오래 본 사람들이라면 이미 알고 있거나 묻지 않을 질문이거든요.

결혼을 안 하고 아이를 낳지 않으면 이기적이라고 욕하고, 아이를 낳아 키우면 '맘충'이라는 저열한 이름을 붙이며 곳곳을 '노키즈' 존으로 만들어 집 밖으로 나오지 못하게 하는 세상. 여성의 몸을 국가의 소유물이라고 생각해 공무원이 가임여성 지도 가이드나 만드는 사회에서 사는 일은 참 힘드네요.

인생에서 제일 쓸데없는 것이 지나가 버린 과거를 가성해보는 것이지만, 세상의 많은 여자들은 결혼을 하지 않았으면 혹은 결혼을 했으면 어땠을까, 아이를 낳지 않았다면 혹은 아이를 낳았다면 어땠을까, 자기가 가지 않은 길에 대해 생각해보곤 하지요. 그랬으면 인생은 내가 지금 사는 것과 다른 방식으로 흘러갔을까 궁금할 때가 있어요.

여자들에게 결혼과 출산은 어떤 의미일까요? 앞으로 결혼과 출산에 대해 어떤 새로운 선택이 등장할까요? 결혼과 출산을 경험한 선배는 주위 다른 여성에게 결혼과 출산을 권할 건가요?

마녀체력

"눈앞에서 벌어지는 기적을 놓치지 않을 거예요!"

가끔 행복하다며 웃고, 자주 불행하다며 눈물 짓던 부모의 결혼생활을 지켜보며 자랐습니다. 우리 부모가 유별나셨던 건 아닐테고, 그 세대 분들은 대부분 그런 식으로 살았겠지요. 내 주위에서는, 아무리 눈 비비고 찾아봐도 '본받고 싶다'고 여길 만큼 좋은 부부의 모델이 없었답니다.

그런데도 참 이상하게, 단 한 번도 결혼하지 말고 혼자 살아야겠다는 생각을 해보지 않았어요. 아마도 '혼자서 잘 사는 비혼주

의자' 역시 만난 적이 없어서 그랬나 봅니다. 아니면 세상이 정해 놓은 '정상 가족'에서 벗어날 만한 용기가 부족했거나.

대학에 진학하면서 자연스럽게 부모 곁을 떠난 지역 친구들처럼 일찌감치 독립했다면 어땠을까 상상해봅니다. 결혼을 하지 않은 채, 실컷 연애나 동거를 하면서 자유를 누렸을까요? 범생이 같은 내 성격으로 짐작해보건대, '착한 딸'이라는 경계를 크게 벗어나지 않고 지금과 비슷하게 살았을 듯해요.

만약 용감하게 한국 땅을 떠나 외국으로 유학을 감행했다면? 하핫! 타국살이의 외로움에 사무쳐 '금발머리에 속눈썹이 긴 외국 남성과 일찌감치 결혼했다'에 한 표. 한때 한국 밖으로 나가고 싶다고 간절히 원한 적이 있었는데, 그때도 계획 속엔 늘 가족과 함께였습니다. 그러고 보면 이번 나의 생은 어찌 됐든 '결혼'이라는 테두리를 벗어나지 못하나 봅니다.

지팡이를 나눠 진 정도의 의지가 되는

대학을 졸업하고, 잘 나가던 대기업에 취직할 기회가 있었습니다. 부모님이나 나나 꽤 기대를 했는데 아쉽게도 최종 면접에서 떨어졌지요. 그때는 마치 세상이 끝난 것처럼 방에서 나오지도 않은 채 울고불고했답니다.

만약 그때 채용되어 안정된 회사를 다니며 일했다면 지금과는 퍽 다른 방식으로 살았을 테지요. 결혼 상대를 고르는 기준 같은 것이, 일반적이라 여겨지는 세속의 조건에 물 들었을 겁니다. 또한 전문직이 아니었으니 오래 일하지 못했을 테고, 적당히 돈을 벌다가 평범한 전업주부로 사는 선택을 당연시했을지도 몰라요.

벌이는 시원찮았지만 여성에게 유리한 출판업을 택한 것이, 오히려 재미나고 길게 일할 수 있는 발판이 되었습니다. 남편과 결혼하기로 맘 먹었을 때도 남들의 시선이나 경제적인 조건 같은 것은 전혀 염두에 두지 않는 여성으로 살고 있었고요. 그러고 보면 인생이란 게 한 끗 차이로 참 재미나죠?

만약 결혼하지 않고 싱글로 살았더라면 내가 하는 일에 더 많은 시간과 열정을 쏟아 부었을까요? 적어도 초라해 보이지 않도록 일에서만큼은 남들 보란 듯이 잘하고 싶은 마음이 강했을 겁니다. 문제는, 더 이상 젊지 않고 일을 계속 할 수 있을지 여부가 불투명해지는 나이가 되면 쓰나미처럼 몰려올 불안감을 어찌 다스렸을까요.

마스다 미리는《결혼하지 않아도 괜찮을까?》(이봄, 2012)를 통해, 곧 마흔을 바라보는 싱글 여성 수짱의 고민을 그려냅니다.

> 때때로 불안해진다. 이대로 나이를 먹으면 어떻게 될까…… 하고. 결혼도 하지 않았고, 아이도 없는데 할머니가 된다면…… 나 괜찮을까?
>
> _P. 3

최근 여성들 사이에 아예 중년을 뛰어넘어 '멋진 할머니 신드롬'

이 유행하고 있잖아요. 어쩌면 그 현상 이면에는 '혼자 나이 듦'에 대한 걱정이 강하게 투영되고 있는 게 아닐까요. 물론 배우자가 있다고 해서 외롭지 않다거나, 노화가 무섭지 않을 리 있겠습니까? 다만 나의 경우는 지팡이를 나눠 쥔 정도로 마음의 의지가 된다고 할까요.

그러니 결혼이란 건, (교과서 같은 이상적인 말이긴 하지만) 사는 동안 기쁠 땐 함께 좋아하고 어려울 땐 서로 어깨를 빌려줄 수 있는 사람 하나를 만나는 과정이라고 봅니다. 집안 사정이나 부모 의견 같은 건 사실 끼어들 여지가 없는 관계지요. 남들에게 보이기 위한 화려한 결혼식이나 혼수, 폐백 같은, 요즘 시대에 전혀 어울리지 않는 허례허식들도 전부 사라져야 합니다.

슬픔과 기쁨을 함께 나누는 '작은 벗들'

무용가 홍신자나 여행가 한비야처럼 젊을 때는 치열하게 자기 분야에서 일하다가, 한 60세쯤 되어 세계관이 비슷한 배우자를 만나면 좋겠다는 생각을 해봅니다. 하핫! 아무에게나 쉽사리 이루어지기 어려운 마술 같은 행운이긴 합니다만.(마흔 넘어 그런 배우자를 만나 결혼한 후배는 반쯤 마법의 힘을 받은 겁니다.)

비혼주의 여성끼리 한 세대를 이루어 살거나, 공동 주택에서 여럿이 함께 생활하는 선택도 더 많아지지 않을까 예상해요. 각자 개인적인 공간은 따로 두고 나머지 가사 일을 서로 분담한다든지, 아웃소싱이 가능한 형태로 말입니다. 결혼과 같은 관점으로 취향이 비슷한 동거인이랑 의기투합해서 살 수 있다면, 평화롭고 덜 외로운 일상이 되겠지요. 이미 그렇게 살고 있는 후배 여성들이 가끔 부러울 때가 있습니다.

결혼과 달리 출산은 여성에게 보다 큰 근본적인 변화를 가져다줍니다. 임신, 출산, 육아라는 3대 산맥에서 여성이 치러야 할 고민과 희생이 여전히 더 크기 때문이지요. 천국과 지옥을 오갈 만큼 강렬한 행복과 애가 끊어지는 듯한 감정을 경험하고, 육체적으로 고된 나날들을 견뎌야 합니다.

그런데 동물들은 '아, 새끼를 키운다는 건 힘들고 지긋지긋해' 하지 않잖아요.(그렇겠죠?) 자식을 키우는 과정도 욕심을 버리고 조금만 생각을 바꾸면 어깨가 많이 가벼워진다고 생각합니다. 일방적인 의무나 희생이 아니라, 살면서 소소한 기쁨과 슬픔을 함께 나누는 일종의 '작은 벗들'이 생기는 거라고 말이지요.

만약 다음 생에서 또 기회가 주어진다면, 그래도 나는 다시 출산과 육아를 택하겠습니다. 한 생명체를 세상에 내보내고 그 성장 과정을 오롯이 지켜보는 '기적'을 놓치지 않을 거예요.

최근에, 장애가 있는 아기를 입양해서 키우고 있다는 여성의 이야기를 들었습니다. 극진한 사랑을 받고 자라서인지, 아홉 살이 된 아이는 선천적으로 아팠던 뇌가 많이 좋아졌다는군요. 황정은 작가가 쓴 소설《계속해 보겠습니다》(창비, 2014)에 나오는 순자 씨가 떠올랐습니다. 내 뱃속에서 나온 아기를 잘 키우고자 하는 욕망은 동물로서의 본능이지만, 그렇지도 않은 생명체를 보살피는 마음은 신과 비슷한 반열의 사랑, 자비로움이 아니겠습니까.

"보잘것없을 게 뻔한 것을, 보잘것없지는 않도록 길러낸 것."

_P. 44

같은 엄마로서 대단하고 존경스러워서, 소설 속 인물이지만 절로 순자 씨의 두 손을 덥석 잡고 싶어지더군요. 반면 정인이 사건을 비롯해 가엾은 어린 생명에게 가해지는 폭력 사건들을 접하면, 인간의 잔인함에 치를 떨 수밖에요. 사회적으로 낮은 출산율만 걱정할 게 아니라, 이미 태어난 구석구석의 아이들에게 더 큰 관심을 쏟는 국가 차원의 독려가 필요합니다.

태어난 지 반백 년이 흐른 지금, 위로는 약하고 쪼그라든 늙은 두 어머니를 보살피고, 배우자와는 여전히 때로 좋고 때로 귀찮아하며 살고 있네요. 아직 독립하지 못한 성년이 된 자식에게 조금씩 의지하는 일도 늘어나고 있습니다. 아들이 결혼을 선택하든 말든, 그것은 더 이상 나의 소관이 아닙니다. 1인 생활자가 '4인(이 정상이라고 여기는) 가족'보다 훨씬 많은 세상이 되었으니 본인 맘 가는 대로 선택하겠지요.

내 세대가 경험해온 인간살이의 법칙들이 하나둘 세상의 흐름에 따라 점점 바뀔 것입니다. 다만 자식한테 폐 끼치지 말고 부모나 잘 살자는 게 나의 오래된, 그리고 죽을 때까지 지키고 싶은 철칙입니다. 그러려면 30년간 함께 동거해온 배우자와 벗처럼, 동지처럼, 남은 생을 '따로 또 같이' 잘 걸어가야겠지요.

parenting
육아에서 중요한 것들

김은령

친구들과 이야기하다 "만약 아이를 낳았다면 좋은 시민이 되는 것을 목표로 키웠을 것 같다"고 했더니 아이 있는 친구들 모두 고개를 젓더라고요. 이 제정신 아닌 세상에서 아이를 키우는 일이 그렇게 쉬울 것 같냐고, 너도 네 아이가 있다면 입시 열풍에 제일 먼저 기세 좋게 뛰어들지도 모른다고.

세상에 힘들고 마음대로 되지 않는 것이 자식의 일이라죠. 결혼을 통해서는 삶의 방식이 크게 바뀌지 않을 수도 있지만 아이를 낳고 나면 생활이 통째로 바뀌게 된다고 많은 사람들이 이야기합니다.

예전에 비해 양육에 있어서 남성의 역할, 사회의 역할이 조금씩 커지고 있다고 말하는데 아직까지는 아이를 낳고 키우는 데 여성의 역할과 책임이 여전히 더 크게 자리하는 것 같아요. 보람있고 가치 있지만 그만큼 부담도 많이 되는 '엄마'라는 타이틀의 무게가 궁금할 때가 있어요.

아이를 낳아 키우면서 선배가 가장 중요하게 생각했던 것은

무엇이었나요? 아들이 아닌 딸을 키웠다면 선배의 양육 방식은 달라졌을까요? 아들에게 무언가 하라고 혹은 하지 말라고 이야기해온 것이 있나요? 딸을 키운다면 무얼 하라고, 또 무얼 하지 말라고 이야기했을까요?

마녀체력

" 곁에 있는 가족에게
다정한 사람이 되었으면 해요. "

아들을, 그것도 간신히 하나 키워보았으니, 후배보다 그다지 많은 걸 알지는 못합니다. 그래서 이참에 나도 진지하게 생각해 보았습니다. 만약 딸이 있었다면, 아들과는 다른 방식으로 키우려고 했을까?

아마도 그랬을 겁니다. 어쩌면 아들한테보다 원하는 게 훨씬 많았을지도 몰라요. 엄마 입장에서 딸에겐, '내가 여성으로서 하고 싶었으나 해보지 못한 것들'을 무의식 중에 투영하려고 했을 거예요.

해보지 못한 것들을 하되 인성만큼은

예를 들면 어릴 때부터 남자 아이들만큼 단단하고 강해지라고 용기를 북돋웠을 겁니다. 타고난 젠더의 강점은 유지하되, 태권도나 합기도 같은 무도를 오래 시켜서 물리적인 힘을 키우도록 권하지 않았을까요. 물론 딸아이가 머리를 길게 늘어뜨리고, 하늘거리는 원피스를 좋아하고, 발레 학원에 보내달라고 한다면 그 의견도 존중했겠지만요.

나도 모르게 "여자는 그러면 안 된다"라는 말이 튀어나오지 않도록 극도로 조심했을 겁니다. 연애를 실컷 해보라고 부추기고, 친구들과 길고 먼 배낭여행을 다녀오라고 허락했겠지요. 콧소리를 내지 말고 또박또박 하고 싶은 말을 다하길, 누군가 불쾌하게 질척대면 조금도 주저함 없이 "싫다"라고 표현하길 바랐을 겁니다.

여성이 도전하지 못할 직업 같은 건 없고, 수학이나 과학 분야에서도 얼마든지 우수한 능력을 발휘할 수 있다고 밥 먹듯이 말해야지요. 결혼이나 출산은 하든지 말든지 본인의 자유, 만약 먼 나라에서 날아온 한국말을 못 하는 청년과 살겠다고 해도 기꺼이 안아주며 환영! 하핫! 없는 딸을 두고, 내가 너무 엄마 위주로 비현실적인 얘기만 하는 걸까요? 다음 생에서 딸(들)을 낳으면 반드시 실천해볼 참입니다.

가만히 생각해보니, 아들은 '내가 여성으로서 이런 남성을 만나면 참 좋겠다'는 이상형 쪽으로 키웠던 거 같아요. 남편은 집안 환경이 좋지 못했기 때문에 어려서 제대로 배워본 운동이 없었습니다. 한참 나이를 먹은 후에 기초부터 배우려니 몸이 따라주지 않아 힘들기도 하고 시간이 오래 걸렸어요.

아들은 이왕이면 어릴 때부터 다양한 스포츠를 경험하면 좋겠다 싶었습니다. 아이의 여건이 되는 대로 태권도, 스케이트, 축구, 수영, 철인 3종, 스키, 배드민턴 같은 생활 체육을 가르쳤어요. 한 번 배워두면 잘 까먹지 않는 운동들이라, 언제든 다시 시도할 때는 몸으로 익혔던 동작이 기억나겠지요. 운동은 직업으로 택하기보다 여가 때마다 즐기는 취미로 삼기를 바랐습니다.

태어날 때부터 남자 아이들은 활동의 자유를 거침없이 누리는 편이잖아요. 그래서 나는 인성 쪽에 더 초점을 두었던 것 같습니다. 상대에게 자상했으면, 배려심이 강했으면, 예술이나 문화 쪽에 관심이 많았으면 하고요. 어차피 남자로 살아갈 텐데, 거칠고 동물적인 매력을 발산하기보다 분홍색이나 긴 머리 스타일이 잘 어울리는 청년이라면 좋겠다 여겼습니다.

피아노와 플루트를 가르쳤고, 좋은 음악회나 공연을 볼 때는 꼭 데리고 다녔습니다. 유명한 미술가의 전시회가 열릴 때마다 함께 보러 갔어요. 예술 분야를 직업으로 삼을 수도 있겠지만, 그게 아니더라도 어느 정도 문화 감각을 향유하면서 기본 소양으로 지니도록 키우는 게 부모의 역할이라고 확신했으니까요.

좀 튀면서 살아도 괜찮아

곽아람 기자가 쓴《매 순간 흔들려도 매일 우아하게》(이봄, 2021)를 읽어보니 '도금력' 얘기가 나오더군요. 다들 금수저, 은수저를 물고 태어나는 걸 부러워하지만, 실상 순금이나 순은은 쉽게 휘어지기 때문에 밥을 떠먹는 도구로 쓰기 어렵지요. 오히려 동이나 구리라면 도금한 것처럼 반짝거리게 할 수 있고, 흙이라면 도자기처럼 불에 구워 단단하게 만들 수 있잖아요. 그런 능력이야말로 수저론 시대에 자식에게 물려줄 만한 더 나은 유산이 아닐까요?

온 세계가 저성장 지표를 그리는 현실이니, 우리 자식들은 부모 세대보다 돈을 잘 벌지 못해 근근이 먹고 살 가능성이 크겠지요. 그럴 때 머릿속에 축적되어 있는 부모와 함께했던 좋은 추억과 경험들이 큰 도움이 될 거라고 믿습니다.

전통과 사회가 각각의 젠더에게 요구하고 '이래야 한다'며 당연시하는 모습들이 있잖아요? 아들이든 딸이든, 주체성을 갖고 그런 테두리에서 벗어나 좀 튀면서 살아도 괜찮다고 생각합니다. 본인 나름대로 재미있고 만족할 수만 있다면요. 나는 늘 그런 사람들이 멋지고 매력 넘친다고 느껴왔어요.

삶의 목표가 '돈'이나 '재산 축적'이 아닌 사람으로 살기를 바랍니다. 남의 눈을 의식하는 '소비의 화신'이 되지 않았으면 좋겠어요. 세상의 약한 계층과 존재들에게 친절하기를, 가엾은 동물을 사랑하기를, 꽃과 나무 이름을 많이 기억하기를. 스트레스를 해소할 수 있는 재미난 취미, 멋진 걸 알아보는 심미안, 매일 반복하는 건강한 습관을 만들어 나가길…….

하핫! 자식에게 바라는 걸 죄다 늘어놓고 보니, 마치 '엄친아'를 희망하는 욕심 사나운 엄마라도 된 것 같네요. 겨우 아들 하나 키워봤지만 부모로서 확실하게 깨달은 점은 있습니다. 자식은 결코 부모 마음대로 되지 않는다! 부모와는 전혀 다른 생각을 지닌 독립된 인격체이기 때문이지요. 바라는 건 부모 마음이지만, 자식에게 이래라저래라하기는 어렵습니다. 그래서도 안 되고요.

갑자기 '3대째 의사를 욕망하는' 드라마 〈스카이 캐슬〉(2018)의 명대사가 머리를 스치는군요.

"그렇게 가고 싶으면 할머니가 가지 그래요, 서울 의대."

얼마 전 일요일에 남편과 외출했다가 저녁 늦게 들어왔는데 주방이 깔끔하게 치워져 있었습니다. 설거지거리는 물론, 잔뜩 욱여놓고 미처 버리지 못한 음식물 쓰레기까지 깨끗이 사라졌더군요. 집에서 쉬고 있던 아들이 밥을 차려 먹은 후 치웠나 봅니다. 피곤해할 엄마를 배려하는 마음이었겠지요.

곁에 있는 가족에게 다정한 사람. 그저 이 정도면, 나는 아들에게 더 이상 바랄 게 없답니다.

metoo

성적 부당함에 맞서는 용기

?

김은령

2019년 겨울, 좋아하는 밴드 U2의 내한 공연을 보러 갔어요. 'Ultra Violet'이라는 노래를 부를 때 무대 배경으로 여성 참정권을 위해 모든 것을 걸었던 서프라제트와 함께 일본에서 미투 운동을 이끌어낸 이토 시오리, 서지현 검사, 가수 설리의 사진이 걸렸고 "모두가 평등해질 때까지 아무도 평등하지 않다"는 문구가 등장했습니다.

'미투' 운동을 보며 많은 생각을 하게 되었어요. 우리가 아주 어렸을 때부터 겪는 불쾌하고 끔찍한 일들, 그 연장선에서 비슷한 일이 지금까지도, 거의 모든 분야에서 일어나고 있는데 나아질 기미가 보이지는 않네요. 택시를 탈 때, 입사 면접을 볼 때, 공부하는 학교와 일하는 직장에서 내가, 우리가 왜 이런 일을 겪어야 하는지 화날 때가 너무 많아요.

한때는 대통령이 되려는 사람들이 자신이 페미니스트임을 강조했는데 이제는 대통령이 되고 싶은 사람들이 앞다퉈 자신은 페미니스트가 아니라고 이야기하는 상황을 겪었으니 무슨 기대를 하겠어요. 자신의 의지대로 인생을 선택하고 원하는 것을 공부하고 원하는 일을 하는 삶을 살 수 있게 되기까지 먼 길을 왔지만, 여전히 가야 할 길이 먼 듯한 요즘입니다.

하지만 그렇다고 미리 포기하거나 지쳐 손을 들지는 않을 거예요. 지금까지 멀리 왔고 앞으로 더 멀리 가야 하겠지만 절대 돌아가지는 않을 것임을 알고 있으니까요.

선배는 여성이어서 부당함을 겪은 적이 있었는지, 이런 일에 대해 어떻게 대응했는지, 후배들에게 이런 일과 관련해서 어떤 조언을 줄지 궁금해요.

마녀체력

“ 나도 똑같이 ‘야, 이 미친놈아!’라고 소리를 질렀어요. ”

고등학교 때 몇몇 나이 많은 선생님들은 아무 생각 없이 우리들에게 툭툭 말을 내던졌어요.

“여자는 공부 잘해봤자 소용없어. 나중에 시집이나 잘 가면 된다.”

그 말이 듣기 거북했으면서도 눈 똑바로 뜨고 따질 엄두를 내지 못했어요. 그저 반 아이들과 와르르 웃으며 지나가고 말았습니다. 나서서 시비를 따지는 게 싫었으니까요. 부당함을 그냥 넘기지 않는 여성을 오히려 '트러블 메이커'로 만들어버리는 건, 아주 오래된 일종의 '마녀 사냥'이 아닙니까. 요즘은 학교에서 그런 말을 함부로 했다가는 여성을 비하하는 발언으로 큰코다치잖아요. 40여 년 넘게 세월이 흘러, 그나마 이 정도 수준까지 올라왔네요.

자라는 동안 여성이어서 '특별히' 성적 차별을 받는다고 느끼지 못했어요. 그건 아마도 '우등생'이라는 일종의 보호막 덕분이었던 것 같습니다. 다만 학교나 가정에서 한 발자국만 나와도, 세상은 불쾌하고 지저분한 일투성이였죠.

법의 잣대가
더더욱 날카로워지기를

붐비는 지하철에서 누군가 내 몸을 만진다거나, 공중 화장실에서 옆 칸을 훔쳐보는 남자를 만난 적도 있습니다. 길을 걷고 있는데 웬 정신 나간 듯한 남자가 다가와 욕을 내뱉는 일은 부지기수였고요. 그런 경험들이 쌓이고 쌓여 막연한 두려움과 공포심으로 내 안에 암세포처럼 자리를 잡았을 겁니다.

대학 선배들 중에 몇몇은 술자리에서 걸레처럼 지저분하거나 성적인 농담을 입에 담곤 했습니다. 그런 소리를 들어도 아무렇지 않게 한 귀로 흘려 넘겼어요. 아니면 더 대담한 표현으로 맞장구를 쳐야만 이기는 거라고 생각했어요.

내가 다니던 M출판사는 문학상 수상식이 있는 날이면, 여성

편집자들더러 한복을 차려 입고 오라는 거예요. 입구에 서서 입장하는 손님들을 안내하고, 연회장에서도 서빙 비슷한 걸 했던 기억이 납니다. 대부분 기라성 같은 작가 선생님들에다 선배들이 불문율처럼 계속 이어오던 행사라, 별 생각 없이 나도 웃음을 팔았던 것 같아요.

회식이 끝나고 2차로 노래방을 가면, 블루스를 추자고 잡아끄는 남자 상사들도 있었습니다. 평소 일할 땐 점잖은 사람들이 꼭 술만 취하면 그러더군요. 괜히 정색을 하고 거절하면 즐거운 흥이 깨질까 봐, 억지로 잠시 추는 시늉을 했지요. 마이크를 잡고 노래를 하는 건 좋아하는데 언제나 그런 식으로 흘러가는 분위기가 싫어서 아예 노래방엔 가질 않았습니다.

힘없는 여성이 아무런 개연성 없이 폭력을 당하고 무참히 살해당하는 영화는 또 얼마나 많은가요. 〈나쁜 남자〉(2002)는 보는 내내 기분이 더러웠고, 〈추격자〉(2008)나 〈도어락〉(2018) 같은 영화는 보고 나서 한동안 악몽에 시달렸지요.

내가 사회에 나가 겪은 이 정도 경험은 꽤 운이 좋은 편에 속할 겁니다. 아직도 많은 일터에서 여성이라는 이유만으로 참기 어려운 부당함과 모욕과 권력의 억압을 받고 있으니까요. 혼자만의 불운으로 치부하지 않고, 치욕스러운 경험으로 숨기지 않고 세상에 내놓은 모든 미투에 대해, 그 용기에 뜨거운 지지를 보탭니다. 그런 여성들 덕분에 어디서나 행해지던 가벼운 성적 농담이 '성희롱'으로 자리 잡았지요. 원치 않는 신체 접촉과 사랑으로 치부되던 스토킹이 '성폭력'이라는 범죄가 되었습니다.

설마 아직도 여성 직원에게 특별한 옷을 입히고 웃음을 팔게 하는 '미친' 회사가 있겠습니까. 아무리 과거의 행적이 훌륭했다 하더라도 권력이 있는 자가 부하 여성에게 성적으로 접근하면 반드시 패가망신한다는 걸, 이제는 만천하가 알게 되었지요. 숨겨진 음지에서 자행되는 성매매라든가 데이트 폭력, 부부 사이의 강간 등에서도 희생자가 없도록 더더욱 날카로운 법의 잣대가 내려치길 바랍니다.

체력을 길러
단단한 몸이 되길

더럽고, 추잡하고, 누가 봐도 끔찍한 성적인 고통이나 폭력은, 그래도 공권력과 법의 힘을 빌려 처벌할 수 있을 만큼 세상이 나아졌습니다. 그러나 내가 우려하는 것은, 명확한 범죄가 아니면서도 여전히 여성을 옥죄고 불쾌하게 만드는 행위들입니다.

안산 선수의 숏컷을 빌미 삼아 대놓고 댓글 폭력을 일삼은 일베들, 빈자리가 많은데도 일부러 임산부를 위한 핑크 좌석에 다리를 쩍 벌리고 앉는 건장한 남자들, 연약한 소녀나 젊은 여성들을 골라 허튼 소리로 시비를 거는 노년의 사내들이 여전히 우리와 함께 살고 있으니까요.

게다가 얼마 전에 새로 나왔다가 사라진 'OO우유' 광고를 보면 기가 찰 노릇입니다. 마치 여성을 젖이나 짜내는 젖소로 비하한 듯한 상황에다가 '몰카'를 연상케하는 '거지 같은' 기획인데도, 기업이든 광고 회사든 왜 그 누구도 문제를 제기하지 않은 겁니까?

키가 작고 몸집이 왜소한 소녀 시절부터 나는 왠지 육체적으로 강한 여성에게 끌렸어요. 타고난 육체는 약하더라도 우리 여성들이 꾸준히 체력을 길러 기대했던 것보다 더 단단한 몸을 가지면 좋겠습니다. 호쾌한 김혼비 작가가《언니에게 보내는 행운의 편지》(창비, 2021)에 쓴 글을 읽으며 격하게 공감하고 말았습니다.

> 우리에겐 여러 층위의 싸움이 있지만 여기로 돌아오는 걸 피할 수는 없구나. 사회가 여성에게 덧씌운 '예쁜 수동성'에서 벗어나 직접 싸우는 여성이 되기 위해 신체 능력을 키우는 것. 꾸준한 운동과 훈련을 통해 여성을 옥죄는 금기와 억압에서 벗어나는 것.
>
> _P. 240

여성들이 예의를 차린다거나 분위기를 살리기 위해 억지로 웃음을 흘리지 않는, 꼿꼿한 자존감을 갖추길 바랍니다. 허튼 소리를 하는 남자들 앞에서 주눅 들거나 눈을 내리깔지 않고, 싫은 걸 싫다고 표현하는 게 당연해지길 소망합니다.

우리 딸들이 어릴 때부터 맘껏 소리를 지르고, 운동장을 내달리고, 화통하게 웃고, 상대방 눈을 똑바로 바라보며 자랐으면 합니다. 딸을 키우는 엄마들이 솔선수범해서 그런 모습을 먼저 보여 줄 수 있도록 의식해야 합니다.

얼마 전 따릉이를 타고 가는데, 허름한 자전거를 탄 작은 여성이라 그랬을까요? 웬 중년의 작자가 지나가면서 대뜸 "뭘 쳐다봐? X년아!" 하고 욕을 하는 거예요. 가슴이 벌렁거렸지만 나도 똑같이 교양 따위는 집어던지고 "뭐라고? 야, 이 미친놈아!"라고 욕을 해주곤 쌩쌩 페달을 밟았습니다.

간만에 큰소리로 욕을 뱉고 나니 일단은 속이 다 시원하더군요. 적어도 여성들이 그냥 맥없이 당하지는 않는다는 걸 미친 인간들도 알아야 하니까요. 누군가 다른 여성이 그런 꼴을 당한다면, 옆에서 같이 소리쳐줄 겁니다. 여돕여!(여성을 돕는 건 여성!) 약한 자들에게는 연대의 힘이 있다는 것을 보여줘야지요. 대신 예의 바르고 여성을 존중하는 신사들에게는 더욱더 특별한 애정과 경의를 표하겠습니다.

issue

정치적, 사회적 의견을 내는 일

김은령

지금까지 선거에 빠지지 않고 참여했지만 뭐 그 정도, 저는 어떤 정당의 당원이 된 적이 없더라고요. 굳이 이유를 대자면 그 어떤 정당도 제가 바라는 정치를 실현해주지 않는 것 같아서였을 거예요. 보수와 진보, 지향과 정책의 차이 같은 것은 확인해볼 수도 없고 그저 정권을 잡는 것이 전부인 것처럼 보이는 정치에 대해 실망만 커졌고요.

언론의 카메라 앞에서는 심각하게 싸우는 척하겠지만 카메라가 꺼지면 어깨동무하고 "우리가 남이냐" 하며 술이나 먹으러 갈 것 같은 의심을 늘 갖고 있어요.

세상 모든 일이 정치적인데, 정치적인 의견을 내는 일에는 여전히 익숙해지지 않네요. 정치에 별 관심 없고 적극적으로 나의 요구를 세상에 알리지 않고 그냥 냉소적으로 지낸 내 잘못이 차곡차곡 쌓여 지금과 같은 세상을 만들어버리지 않았나 반성도 하게 되고요.

정치에 적극적인 관심을 보이고 뭔가 조금이라도 변화를 만들어내는 방법은 없을까 고민하다, 제가 중요하게 여기는 가치에 신경을 쓰고 의정 활동의 이슈로 삼는 젊은 정치인들을 조금이라도 후원하면 어떨까 생각하게 되었지요.

선배가 관심을 갖고 있는 정치적인 이슈, 사회적인 이슈가 있나요? 그런 이슈에 대해 목소리를 적극적으로 내는 편인가요?

마녀체력

" 오래전부터
녹색당 당원입니다. "

대학교 다닐 때 국문학과 전공과목 중에 '소설작법' 수업이 있었어요. 마흔 명 정도의 동기들이 단편을 써서 책으로 묶은 뒤, 시간마다 돌아가며 자기 소설을 읽었습니다. 나는 그때 〈각막염〉이라는 제목으로 내 생애 최초의 소설을 써봤어요. 당시 최루탄 가루로 뽀얗게 흐려진 세상, 미래가 보이지 않는 암울한 상황을 은유적으로 묘사해 나갔습니다.

많은 걸 희생해가며 투사로 나선 친구들처럼 용감하지 못했고, 그렇다고 눈앞에서 벌어지는 일을 모른 척하면서 해맑은 대학생으로 살기도 힘들었어요. 회색 지대에서 서성거리며 어디에도 완전히 끼지 못하던 그때, 얼른 사회로 나가 이런 고민에서 벗어나기를 간절히 원했습니다.

생각보다는
할 수 있는 만큼, 행동으로

하! 미숙한 자의 커다란 오해였지요. 1987년에 광장으로 쏟아져 나온 회사원과 노동자들을 보면서, 또 여러 번의 대통령 선거를 치르면서 깨달았습니다. 인간으로 사는 한, 그리고 인간 속에서 사는 한 '정치적 고민과 선택'에서 벗어날 수 없다는 걸 말이지요. 그래서 나 자신과 타협했습니다.

'생각만 하고 아무것도 안 하기보다, 내가 할 수 있는 만큼이라도 행동하자.'

2004년에는 내가 지지했던 대통령의 탄핵 소추안을 막느라, 2008년엔 기업가 출신 대통령의 소고기 수입 협상을 반대하느라 촛불을 들었습니다. 그러고 보면 얼마나 다이내믹한 대한민국인가요. 시골에 내려가 여생을 보내려던 이가 스스로 목숨을 버리고, 사욕에 눈이 시뻘겋게 물든 자가 국민을 속이고, 독재자의 딸이라는 과거 말고 내세울 게 없는 무능력한 여성이 나라의 대표로 올랐으니 말입니다.

저 높은 '푸른 기와집'과 관련된 일이니, 어쩌면 내 삶과는 동떨어진 '정치적 사안'에 지나친 오지랖을 떠는 걸까요? 이 세상의 흐름이 그렇게 무 자르듯 확실히 갈릴 수 있다면 얼마나 사는 것이 수월하겠습니까.

전교조 탄압, 무상 급식 논란, 용산 참사, 군대 내 폭력, 한진중공업이나 KTX 승무원 해고, 삼성전자 백혈병 같은 사회적 이슈들에서 완벽하게 자유로울 수 있는 사람이 몇이나 될까요. 지금 당장은 남의 일처럼 느껴져 팔짱 끼고 보지만, 언제 어디서 내 안온한 삶의 담을 부수고 들어올지 모릅니다. 성역처럼 안전한 직업으로 치부되던 교사, 아나운서, 의사들까지도 정치적 입장을 고민하고 머리띠를 매는 입장에 놓이지 않았습니까.

피해자 쪽에 공감하고,
무임승차 하지 않도록

그런 이유로 '세월호 침몰'은 특히, 온 국민을 충격과 트라우마에 빠뜨렸습니다. 수학여행을 가려고 고등학생들이 단체로 탄 배가 가라앉았으니까요. 아무 죄 없는 수많은 아이들이 어른들 잘못으로 한꺼번에 희생당했으니까요. 하필 그때 단원고 아이들이 타고 있었지만, 내 자식에게는 절대 일어나지 않을 일이라고 누가 장담하겠습니까.

그러니 비슷한 불행이 다시는 반복되지 않도록 제대로 원인을 규명하고, 잘잘못을 가리고, 책임자를 처벌해야지요. 하루아침에 생때같은 자식을 잃은 부모들의 슬픔을 잊지 말고 끝까지 위로해야지요. 사회적 이슈를 놓고 판단하기가 어려울 때는 늘 피해자 쪽에 서서 공감하려고 노력합니다.

여성의 몸을 갖고 태어나 불평등한 땅에 살고 있으니 여성과 관련된 문제에는 더욱더 관심을 가지려고 합니다. 호랑이처럼 나서서 포효하진 못하더라도 내 가정과 주변을 우선으로 실천하고 있어요. 시대에 뒤떨어진 유교식 가부장제, 남성의 물리적인 성 억압과 폭력 등에 관심이 많습니다. '며느리와 시어머니의 경쟁 관계'라든가 '여자의 적은 여자' 같은, 남성 편향의 잘못된 고정관념을 거부합니다.

글을 쓰면서 무의식적으로 여성성을 폄훼하는 일이 없도록 안테나를 세우곤 합니다. 스스로 성을 차별하는 '그녀'라든가, 직업 앞에 '여'를 붙이는 일이 없도록 조심합니다. 같은 여성이라 더 쉽게 생각하지는 않는지, 더 가혹하게 구는 건 아닌지 자기 검열을 합니다.

앞으로 가장 많은 관심과 실천을 할애할 분야는 '기후 위기와 지구 환경'이라고 생각합니다. 자랑할 만큼 기여하는 바는 없지만, 오래전부터 녹색당 당원으로 당적을 유지하고 있어요. 《트렌드 코리아 2022》(미래의창, 2021)에서는 환경 문제를 바라보는 사람들의 태도를 '무임승차'에 비유했더군요.

> "나 혼자 열심히 한다고 무엇이 바뀔까"라는 냉소적 태도와 소극적 선택들이 지구 환경 문제를 가장 악명 높은 조별 과제로 만드는 요소일지도 모른다.
>
> _P. 42

마침 은령 후배가 번역한 호프 자런의 《나는 풍요로웠고, 지구는 달라졌다》(김영사, 2020)가 출간되었기에 씹어 먹듯 꼼꼼히 읽었습니다. 주로 걷거나 대중교통을 이용하기, 베란다에 태양열판 설치하기, 가구든 전자제품이든 사면 오래오래 사용하기, 내복을 입어 난방비를 절약하기 등의 작은 행위라도 과소평가하지 않고 꾸준히 실천할 요량입니다.

촛불을 들고 광장에 나갈 때마다 늘 남편과 함께여서 든든했어요. '정치적 이슈'를 두고 비슷한 가치관을 지닌 배우자와 살고 있어 다행이라고 가슴을 쓸어내리곤 합니다. 서로 맹렬하게 감시하면서 살아야지요.

본인 안위에만 벌벌 떠는 인색하고 좁쌀 같은 노인네가 되지 않기를. 과거에서 헤어나지 못한 채 내 말만 옳다고 우겨대는 꼰대로 늙지 않기를. 꾸준히 책을 읽고, 배우고, 공부하면서 마지막 그날까지 현명하고 성장하는 인간으로 살기를 소망합니다.

결혼,

바로 옆에다

벗을 두고 사는 일.

여 성 은 ,

여성끼리 연대할 때

가 장 강 해 진 다 .

Woman

성평등을 원하는
선배가 묻고

여성문제를 고민해온
후배가 답하다

equality

가정 내 성평등이 먼저

마녀체력

좋아하는 상대가 생기자마자 결혼을 서둘렀습니다. 가부장적이고 평등하지 않은 가정환경에서 얼른 탈출하고 싶다는 욕망이 컸지요. 게다가 둘 다 장남 장녀였기에 어깨에 얹힌 기대나 의무감이 부담스러웠습니다. 손바닥만 한 신혼집에 둘이 앉아 있는데, 자유롭고 평화로워서 실실 웃음이 나더군요. 그렇게 함께 살아온 세월이 짹! 29년이나 흘렀네요.

'부부는 이래야 한다, 저래야 한다'는 식으로 정해서 벽에 붙여놓은 적은 없습니다. 다만 보이지 않는 '부부의 룰' 같은 게 하나둘 정해지곤 했어요. 부모가 사는 모습을 보며 우리는 그러지 말자고 배운 교훈, 사회생활을 하면서 직, 간접적으로 습득한 방식을 자연스럽게 실천한 셈입니다.

예를 들면 이런 것들이에요. 서로를 이름으로 부르기, 취향에 따라 맡은 가사일 전담하기, 상대방의 일이나 친구, 사생활에 참견하지 않기, 양가나 집안 대소사는 함께 책임지기, 각자 독립 채산제로 용돈 쓰기. 우리 부부 사이를 관통하는 대전제는, 큰일은 공유하되 작은 일은 각자 알아서 하기랍니다. '따로 또 같이'를 자유롭게 선택하며 사는 셈이랄까요. 물론 자주 다투고 삐치기도 하지만 아내로서 여성으로서 손해를 보거나 억울하다고 느낀 적은 거의 없습니다.

대단한 페미니즘보다 난 가정에서의 사사로운 성평등에 관심이 많아요. 그것이 잘 굴러가야 보고 자란 아이들 세대로, 또 사회나 국가로 확대된다고 생각합니다. 후배네 부부의 경험이나 실천들도 나눠줘요. 좋은 건 나도 따라하게.

김은령

“ 말로 끄집어내
서로가 원하는 것을 확인해야 해요. ”

선배가 알려준 ‘부부의 룰’은 참 멋지네요. 저는 선배와 달리 결혼을 늦게 한 경우였죠. 마흔세 살에 결혼을 한다고 하니 주위에서 “결혼해서 살다가도 헤어질 나이인데 뭐하러 결혼을 하냐”는 이야기를 많이 들었어요. 그런 이야기를 해준 사람들 대부분은 일과 가정의 양립으로 고충을 겪는 여자들이었답니다.

마흔 살이 넘어 아이를 갖는 문제로부터 어느 정도 자유로워지고 나니 결혼이라는 제도가 크게 의미 있나 생각했어요. 그야말로 '부르면 국이 식기 전에 도착할 수 있는 거리' 정도에 살면서 각자의 생활을 유지하고 자주 만나면 되지 않을까…….

이런 생각이 바뀌게 된 계기가 있었어요. 남편, 그 당시의 남자친구가 갑자기 몸이 아파 급하게 수술을 하게 되었는데, 연락을 받고 병원에 갔더니 '여자친구'인 저는 수술 동의서에 서명을 할 수 없더라고요. 아무리 사랑하고 서로를 아낀다고 해도 세상의 법과 제도가 만들어놓은 선 밖에서는 기본적이고 간단한 보호조차 주고받을 수 없더군요. 세상이 내 생각처럼 단순하지도 호락호락하지도 않다는 것을 느꼈지요.

페미니즘을 공부하는 남편

결혼은 삶을 바라보는 방식을 새롭게 깨달을 수 있는 자각의 기회가 되는데 저도 마찬가지였어요. 함께 잘 살기 위한 나름의 룰은, 끊임없이 서로 이야기하는 것입니다.

한번은 남편이 출연한 라디오를 듣는데 '여류작가'라는 표현이 귀에 들어왔어요. 남자를 기본으로 놓고 여기에 소수의 여자들을 묶어서 작은 예외의 그룹으로 바라보는 느낌이라고 할까요. "남자는 '남류'라고 안 하는데 굳이 이런 단어를 써야 할까?" 하고 이야기했지요. 성평등에 관심 많고 신경도 많이 쓰는 남편은 이 이야기에 놀랐다고 합니다. 그리고 여성학자에게 페미니즘에 대한 개인 과외를 받기 시작했어요.

우리나라 평균적인 남성보다 훨씬 페미니스트일 남편이 페미니즘을 정식으로 공부한다는 사실이 저에게는 참 반가운 일이었습니다. 같이 살아갈 사람이 여성의 문제와 고민에 관심을 갖고 알아보려 노력한다는 것이 많이 고마웠어요.

시애틀로 여행을 갔다가 아마존 서점 한 귀퉁이에서 'Apology'라는 제목의 책(국내에서는 《아버지의 사과 편지》(심심, 2020)로 출간되었지요.)을 발견했어요. 기업의 위기 관리와 사과에 관해 연구하고 컨설팅 하는 남편은 그런 내용인 줄 알고 이 책을 샀는데, 읽다 보니 친족 간 성폭행에 관한 고백담이었어요. 남편은 이런 문제에 관해서는 여전히 숨기기나 할 뿐 제대로 된 처벌도, 도움도 없는 한국에 이 책을 소개하고 싶다며 번역 출판권을 알아보고 국내 출판사를 수소문해 직접 번역을 하려고 준비를 했지요.

그런데 너무 예민한 주제라 남성이 아닌 여성 번역가가 작업을 했으면 좋겠다고 출판사에서 의견을 냈고 제가 그 작업을 맡는 것으로 조정했어요. 자신이 직접 찾아낸 책이고 애정과 관심이 있었는데 '남자'라는 이유로 번역을 할 수 없다는 것이 남편에게는 큰 충격이어서 받아들이기 힘들어하더라고요.

"나는 살면서 지금까지 '여자라 안 된다'는 이야기를 너무나도 많이 들었어. 이제 겨우 한 번 들은 거 같고 뭘 그래."

이렇게 남편에게 핀잔을 주었지요.

서로 감시해서 편협하고 고집만 센 사람으로 늙지 않도록

그 후에는 여성학자이자 심리학자인 샌드라 립시츠 벰의《나를 지키는 결혼 생활》(김영사, 2020)이라는 책을 같이 번역하게 되었습니다. 성 정체성, 젠더 이슈, 결혼과 양육 등에 관해 여러 가지로 생각해볼 수 있게 해준 책이에요.

주말에 각자 컴퓨터를 붙잡고 번역을 하는 과정에서, 또 같이 차를 타고 가는 출근길에서 책에서 나온 주제들에 관해 계속 이야기하게 되었어요. 우리가 여자라서 혹은 남자라서 못 해본 것은 무엇인지, 생활 공동체이며 경제 공동체로 산다면 돈 관리는 어떻게 할지, 나이 들어서는 무얼 하며 어떻게 살고 싶은지, 자연스럽게 생각을 나누는 기회가 되었습니다. 생각을 밖으로 꺼내 말하지 않았으면 몰랐을 것들을 나누는 과정에서 서로 비슷하기도 하고 또 다른 사람이라는 사실을 확인하게 됩니다.

나이가 들어가면서 자꾸만 요즘 세상은 엉망이라고, 옛날이 좋았다고 생각하고 새로운 기술과 사고를 받아들이지 않게 되는데 주위에 어느 누가 이런 문제를 솔직하게 지적해 주겠어요. 우리는 서로 감시해서 편협하고 심술 맞고 고집만 센 사람으로 늙지 않도록 하자고 자주 다짐합니다.

치약을 아래부터 짜느냐 중간에 꾹 눌러 짜느냐부터 양쪽 가족들은 어떻게 챙길 것인지까지, 사람들이 늘 이야기하는 것처럼, 결혼은 현실이고 그 현실은 사소하고 치사한 온갖 갈등으로 가득하죠. 가사와 관련해 일단은 자신이 잘하거나 좋아하는 일을 하고, 나머지는 적절하게 나눠 하는데 상대방이 해야 할 일을 안 하고 있으면 '하라'고 이야기하지 않는다는 것, 이건 샌드라 벰의 책에서 배운 것입니다.

계속 안 하면 어떻게 하느냐고요? 아, 물론 서로가 맡아야 하는 일의 목록을 사전에 정리해야 합니다. 가사를 분담할 때 일의 물리적인 부분만 나누는 것이 아니라 그 일과 관련해 계획과 진행, 해야 하는 일을 기억하는 정신적인 부분까지도 나누어야 하기 때문에 집안일이 어떻게 돌아가는지 통제하는 것 역시 나누라는 것이지요. 분명 문제나 위기를 불러올 수도 있지만 변화가 일어나려면 이런 '혁명'이 필요하다는 말이지요.

음식 만들기를 좋아하는 제가 식사를 준비하고 남편이 설거지와 청소를 주로 하죠. 남편이 음식을 만든 날이면 제가 설거지를 하고요. 저는 밥을 먹고 설거지가 쌓여 있으면 스트레스를 받는 타입이고, 남편은 밥을 먹고 여유 있게 좀 쉬다가 뒷정리를 하는 타입이에요. 결혼 초기에는 성격 급한 제가 기다리지 못해 밥상 치우고 바로 설거지를 해버리곤 했는데 이제 남편이 하는 경우는 그의 계획과 일정에 따라 진행하도록 내버려두고 있어요.

바퀴벌레나 모기, 파리는 벌레를 무서워하지 않는 제가 나서서 해결하고, 무언가 만들기 좋아하는 남편은 집안 수선과 수리를 맡습니다. 가사라는 것은 참 애매해서, 한다고 엄청 티가 나지는 않지만 안 하면 정말 티가 많이 납니다. 그래서 삶을 유지해주는 기본적인 생활력을 갖춘 사람을 찾는 것이 중요한 것 같아요. 혼자 잘 사는 사람이 같이 살아도 잘 산다는…….

좋아한다, 고맙다,
미안하다……

늦게 결혼해 아이 없이 사는 우리는 서로에게 세상에서 유일한 '가족'이 되겠지요. 그래서 둘이 수많은 고민과 과제를 같이 해결하고, 나눠서 해결하고, 때로는 혼자 해결도 해야 할 거라는 사실을 알고 있어요. 그때마다 이야기를 해서 상대와 내가 원하는 것들을 확인해야겠지요. 배우자이며 파트너이고 친구이고 서로의 보호자이기도 한 관계라고 할까요.

오래전 전시회 오프닝을 위해 한국에 온, 아티스트이자 존 레논의 아내였던 오노 요코를 만날 기회가 있었어요. 비틀즈 전설의 한가운데에 자리하고 있으며 스스로도 인정받는 예술가가 된 그와 이야기하던 마지막에, 살면서 가장 후회되는 일이 무엇인가 질문했더니 잠시 생각하다 이야기하더라고요.

"사랑한다는 말을 많이 하지 않았던 것. 존과 늘 함께할 거라고 생각해서 그 말을 자주 하지 않았어요. 그러니 살면서 사랑한다는 말을 아끼지 말고 많이 하도록 해요."

좋아한다는 말, 고맙다는 말, 미안하다는 말을 자주 하도록 노력하고 있어요. 말에는 묘한 힘이 있어서 마음 속에 있던 것들도 이렇게 밖으로 끄집어내면 그 말에 충실하게 살려고 노력하게 되더라고요.

마녀체력

겁이 많은 편이에요. 어쩌다 큰소리가 나면 아직도 잘 놀랍니다. 억울하거나 화가 난다 싶을 때는, 오히려 속으로 삭이는 게 낫다고 여깁니다. 그러다 보니 어느 누구에게도 속 시원하게 하고 싶은 말을 다 내뱉어본 적이 없네요. 이런 성격이 타고났는지, 소녀로 자라면서 형성되었는지, 아니면 여성으로서 사회화된 건지는 확실히 모르겠습니다. 아마 셋 다로부터 영향을 받았겠죠. 불이익을 받지 않으려면 공부를 열심히 하는 수밖에 없었습니다.

대학이라는 큰물에 들어와서야 조금씩 주변과 내가 변해갔습니다. 지금까지와는 다른 유형의 사람들을 많이 접할 수 있는 공간이었으니까요. 나도 모르게 막연히 장착되어 있던 여성으로서의 터부들에 서서히 금이 가기 시작했습니다.

운이 좋게도, 똑똑한 여성의 숫자가 더 많은 필드에서 일해온 덕분에 제법 마음의 맷집이 단단해졌어요. 결정적으로 약자라는 허물을 벗어 던진 계기는 트라이애슬론이었습니다. 뭐랄까, 똑같이 입을 닫아도 이젠 겁나서 말을 안 하는 게 아니라 '네까짓 거, 내가 봐준다' 쯤으로 차원이 달라졌달까요.

후배는 여성으로 살아온 삶이 어땠어요? 스스로 갖고 있거나, 사회로부터 주입된 편견이 있었나요? 어떤 과정을 거쳐 완화시키고 때론 극복했나요? 혹시 아직도 어려운 점이 있습니까?

!

김은령

"남자라면 하지 않을 자기 검열을 계속하게 되지요."

스스로 확인할 수 없는 '블라인드 사이드blind side' 같은 것이 존재하나 봐요. 저도 겁쟁이인 건 마찬가지예요. 예전에 빅뱅이 부른 'LOSER 외톨이/ 센 척하는 겁쟁이/ 못된 양아치 거울 속에 넌……'이라는 노래를 들을 때마다 하, 이거 내 주제가로 만든 건가 생각했었죠.

많은 여자들은 마음 한구석에 자기 불신의 불씨를 갖고 있고, 예기치 않은 상황을 만나면 여기에 스스로 불을 붙이게 되는 것 같아요. 지금도 자주 확인을 해요. 내가 무언가 겁을 내고 주저하는 것이 있을 때, 그게 내가 여자라서 미리 겁내는 것은 아닐까. 여자로 산다는 것은 남자라면 하지 않을 자기 검열을 계속해서 하는 것인가 봐요.

여자로 사는 일에 대해 생각 또 생각

페미니즘 성향이 강한 부모님 덕에, 또 여중, 여고, 여대를 나온 덕에 여자로 사는 일에 대해서 자주 생각해보게 되었어요. 저의 엄마는 어린 저를 피아노 학원보다 태권도 학원에 보내고 싶어 하셨는데, 가고 싶은 데를 가고, 하고 싶은 일을 하려면 신체적, 물리적인 능력이 제일 중요하다고 생각하셨기 때문이었어요. 사범님이 너무 무서워서 바로 그만두고 말았지만.

무슨 일이 생겨도 겁먹지 말고 '쫄지'말라고 하셔서 초등학교 때 치마를 들치는 남자 아이들이나 중·고등학교 시절에 가끔 출몰하는 '바바리맨'을 만나면, 놀라서 우는 대신 대걸레 들고 달려가는 편이었는데 좀 더 커보니 그 정도는 아무것도 아니더군요. 세상은 훨씬 더 조직적이고 단단하게 방어막을 치고 있었어요. 어머니나 언니들 세대에 비해서는 조금은 허술해진 방어막이긴 한데, 그래도 여전히 노력해서 간신히 비집고 들어갈 틈을 만들어내야만 하는.

졸업을 하고 기자나 PD가 되고 싶었는데 언론사 면접에 가면 "이렇게 힘든 일을 여자가 왜 하려고 그래", "얼마나 버티겠어" 같은 질문을 받았고 대놓고 얼굴 평가를 당하기도 했어요. 친구들 중에는 면접 과정에서 더 심한 희롱을 당하고 무시당하는 경우도 많았지요. 그땐 모여서 분개하고 말았는데 지금 같으면 생각하기 어려울 일이니 그만큼은 나아졌나 싶네요.

여자가 많은 잡지업계에서 일한 덕에 기 세고 개성 넘치고 독특한 여자들과 함께 일하고 또 그런 사람들을 취재원으로 많이 만날 수 있어서 좋았습니다. 그래서 더 오래 일할 수 있었던 것 같아요. 그런데 이런 멋진 여성들도 결혼과 출산 등을 겪으며 계속 일을 해야 할지, 고민하더라고요.

아이가 어렸을 때에는 오히려 잘 버티다가, 아이가 좀 더 자라 본격적으로 학교와 학원에 매달리게 되는 순간 회사를 그만두기도 하고. 지금 주위를 돌아보면 비슷한 또래 중 계속 일하고 있는 사람을 찾는 것이 쉽지 않네요.

기자로 일할 때 자주 취재하던 것이 '1호 여성'이었어요. 처음으로 항공기 기장이 된 여성, 처음으로 사관학교를 수석으로 졸업한 여성, 처음으로 잠수함에 승선한 여성……. 요즘 일하는 후배들은 이런 기사를 취재할 일이 조금은 줄었겠죠. 먼저 시작해 길을 내준 수많은 여성들 덕분에 여기까지 올 수 있었어요.

물론 여전히 변하지 않는 부분도 있어요. 일하다 만나게 되는 서양 남자들에게는 여전히 수동적이고 참을성이 강하고 무엇이든 양보하고 조용한 아시아 여성에 대한 오해 같은 것이 있어요. 일하다 그런 이야기를 들을 때면 코웃음을 치며 "지금이 어떤 세상인데, 너네보다 싸움 두 배로 잘 하고 욕도 두 배로 잘하고 일도 두 배로 더 잘하는 한국 여자들이 내 주위에 100명도 훨씬 넘는다"고 이야기하지요.

몰라도 괜찮은 건
힘과 돈을 가진 쪽

사회는 예전보다 안정된 듯 보이지만 젊은 여성들은 그 안에서 이전보다 더 불안한 것 같아요. 임신을 할 수 있을 정도의 나이로 일찍 결혼해야 하기도 하고 또는 돈을 더 많이 모아 집을 사고 미래를 대비할 수 있을 정도의 나이로 늦게 결혼해야 하기도 하고. 이도 저도 쉽지 않으니 결혼과 출산을 아예 선택하지 않게 되기도 합니다.

똑같은 일을 하고도 월급을 덜 받지는 않은지, 회식 때 나를 보는 눈길이 희롱과 모욕의 어떤 지점쯤 와 있는지 의문을 가져야 하고, 공중화장실에 갈 때 무슨 일이 생길까 봐 신경 써야 하지요. 이런 일에 문제를 제기할 때마다 세상은 "여자들이 그런 일을 겪고 있는지 몰랐지…… " 정도로 이야기하고 말지요. 옛날에는 그랬는지 모르겠지만 이제는 성평등을 넘어서 여성 우위로 가고 있지 않냐고 말하기도 합니다.

행동으로 말로 제도로 여성을 함부로 대하는 일에 대해 목소리를 높일라치면 정치가도 기업가도 예술가도 "내가 잘 몰라서 그렇다"라고 사과 아닌 사과를 하는데 그게 너무 슬퍼요. 무얼 모른다는 것일까요? 여성인 우리는 몰라도 되는 존재인가요?

몰라도 괜찮은 건 힘과 돈을 가진 쪽이지요. 소수자나 '을'의 입장에 서게 되는 사람은 모르고는 살아나갈 수가 없어요. 신경 쓰고 눈치 보고 내 자리를 어느 곳쯤에 잡을 것인가, 세상 여러 가지 이슈에 대해 나는 어떤 태도를 취할 것인가 고민하며 무엇이라도 알려고 애쓰지요.

인종, 성별, 나이, 소득…… 세상에는 여전히 너무나 많은 차별이 존재합니다. 그 속에서 저 스스로가 '돈 많고 젊은 백인 남자'처럼 생각하고 행동하는 것은 아닌지, 가끔 정신 차리고 둘러보곤 해요. 언제든 가난하고 나이 든 비서구권 여성이라는, 삼중의 핸디캡을 안게 될 수 있으니까요.

'나는 별다른 차별을 받은 적이 없어'라는 이야기를 할 수 있다면 운이 좋은 사람이거나 차별을 받았는데 깨닫지 못했거나 차별이 무언지 잘 모르는 사람일 거예요. 내가 겪지 않았다고 해서 문제가 없다고 할 수는 없을 테니까요.

욕 많이 하는 할머니로 살 것 같지만

극히 낮은 확률로 그냥 '운이 좋기를' 기대하고 사는 것보다는 시스템을 잘 만들어서 모두가 차별받지 않고 평등함을 누릴 수 있도록, 모두가 어느 정도는 공평하게 운이 좋을 수 있는 세상을 만드는 것이 그나마 나은 해결책 아닐까요. 그러려면 일단 하고 있는 일과 하고 싶은 일을 열심히 할 것. 지금 자리에서 열심히 버티고 조금씩 위로 옆으로 나아가며 가능성을 확장하는 것이 후배들을 위하는 길이 아닐까 싶어요.

'착한 여자는 천국에 가지만 나쁜 여자는 원하는 어디나 간다'는 말이 있고 '지혜로운 여자가 길 건너는 방법을 찾았을 때,

미친 여자는 이미 길을 건넜다'는 말도 있지요. 원하는 것을 얻기 위해서는 나쁘고 미친 여자가 되어야 하나 기운이 좀 빠지긴 하지만요.

예전에도 불평 많고 투덜거렸는데 별로 나아진 것이 없는 세상에서 계속 이렇게 만사에 불평을 해대고 투덜거리며 나이 들 것 같아요. 그 와중에서 조금이라도 세상이 나아지고 더 많은 여성들이 곤란에서 벗어나도록 무언가 도움이 된다면 좋겠어요.

남들은 '귀엽고 사랑스러운 할머니'로 나이 들어가고 싶다고 하는데 그동안도 귀엽고 사랑스럽지 않았고 앞으로도 그렇게 늙고 싶은 마음이라고는 없으니 그냥 욕 많이 하는 할머니가 될 가능성이 훨씬 높습니다. 뭐, 그것도 나쁘지는 않을 것 같긴 해요.

friendship
여자친구들과의 우정

마녀체력

가끔 로맨스 드라마를 보면 부러운 장면이 나옵니다. 어릴 때부터 미주알고주알 온갖 비밀을 공유해온 여자친구들이 등장하잖아요. 섭섭해서 진탕 싸우다가도 아무 일 없었다는 듯이 다시 죽고 못사는 사이. 이 년, 저 년, 막 욕도 하고. 난 그런 친구들이 없어요. 학창 시절에 혼자 다닌 적은 없었고, 늘 무리에 속하긴 했습니다. 근데 친구들 사이에 다툼이 일어나고 그 후로 갈라지면 다시 관계가 이어지기 어려웠어요.

고등학교에 올라와서 몇몇 친구들과 우정을 키웠지만, 이번에는 친구들이 멀리 떠나버렸네요. 결혼 후에 남편을 따라 한 명은 캐나다로, 한 명은 미국으로 사는 터를 옮겼습니다. 서로를 생각하는 맘만 강하다면 어떻게든 계속 연결이 되었을까요? 눈에서 멀어지면 마음마저 멀어지는 게 맞는지, 다시 외로운 신세가 되었습니다.

그나마 대학교에서 만난 친구들은 평생 갈 줄 알았습니다. 살다 보니 그 관계에도 복잡한 문제가 생기더군요. 다 커서 만난 사이라 그런가, 오히려 상한 마음을 회복하는 게 더 어려운 것 같습니다. 속 얘기까지 다 나누는 친구를 곁에 두는 게 이리 어렵다니. 그나마 사회에 나와 만난 여성 선후배들과는 정기적으로 만나면서 친분을 유지하고 있습니다만, 동료에 더 가깝겠지요.

심리학자는 아니어도 그만큼 현명할 듯한 후배한테 상담을 해보고 싶습니다. 대체 왜 난 여자친구들과 속 깊고 질긴 우정을 계속 나누지 못하는 걸까요. '여자의 적은 여자'란 말을 엄청 싫어하고 늘 여성 쪽에 선다고 생각했는데, 어쩌면 진심으로 공감하는 능력이 떨어지는 건지도 모르겠습니다.

일하는 여성, 더구나 책을 읽고 만드는 사람으로 살면서 '나는 다르다'는 묘한 특권 의식이 생긴 건 아닐까요? 후배는 어떻습니까? 그런 오래된 여자친구들이 있나요? 나이 들고 일이 줄어들면서, 점점 더 여자친구들이 필요해지는 게 아닐까요?

김은령

"만남과 인연에도
유효기간이 있는 것 같아요."

아, 저도 선배와 비슷한 상황이네요. 어릴 때부터 친하게 지내던 친구들이 일하고 나서부터는 조금씩 연락이 뜸해졌어요. 야근과 주말 근무가 많고 매달 마감하고 출장 다니느라 친구들과의 모임에 잘 나가지도 못했거든요. "너 혼자만 그렇게 바쁜 척하면 같이 안 놀아준다!"고 친구들이 서운해한 적이 많았어요.

시간이 좀 더 흐르며 친구들 대부분이 결혼을 하고 아이를 낳게 되었어요. 라이프 사이클이 비슷해야 친밀함도 오래 가는데, 결혼도 안 하고 아이도 없고 부모님에게 얹혀 살며 회사에 다니던 저는 또래 친구들과 공유할 일들이 점점 줄어들었습니다. 아이 이야기, 시댁 이야기, 집을 더 넓혀 이사 가는 이야기…… 제가 잘 모르는 주제다 보니 친구를 만나도 할 이야기가 별로 없었고 어떤 경우는 친구들이 하는 이야기를 알아듣기 어려웠어요. 그러다 보니 자연스럽게 만나는 횟수도 줄어들었지요.

사람과의 관계는 내가 시간과 관심과 노력을 쏟아가며 계속 키워가야 하는데 그때는 잘 몰랐어요. 그냥 같이 앉아서 이야기를 들어주는 것만으로 충분했다는 것을요.

그때그때
인연이 따로

《빨강머리 앤》에 등장하는 앤과 다이애나, 《키다리 아저씨》의 주디와 샐리, 1991년의 영화 〈델마와 루이스〉(너무 비극적인 결과를 맞긴 하지만요.)의 주인공들처럼, 미국 드라마 〈프렌즈〉 시리즈에 등장하는 레이첼, 모니카, 피비처럼 단짝 친구의 의미는 정말 크지요. 내가 완벽하지 않아도 나를 이해하고 좋아해주는 사람. 자세

하게 말하지 않아도 짐작해서 위로해주는 사람. 그런 친구는 많이도 필요 없고 서너 명만 있어도 인생을 충만하게 만들어주는 것 같아요. 생각하고 떠올리는 것만으로 마음이 막 따뜻해지네요.

하지만 현실은 막연한 기대보다 훨씬 복잡하죠. 미국 드라마 〈섹스 앤 더 시티〉(1998)에서 단짝 친구로 나왔던 캐리, 샬롯, 미란다, 사만다도 사실 현실에서는 사이가 썩 좋지 않아서 속편 시리즈를 찍을 때에는 사만다 역의 킴 캐트럴이 출연하지 않게 되었으니 말이에요.

친구라는 것이 그때그때마다 인연이 따로 있는 것 같아요. 초등학교 때, 중·고등학교 때의 절친, 일하며 동료로 만나 친구가 된 선후배들, 도대체 어떻게 연결되었을까 이상할 정도로 우연히 만난 친구도 있고. 알게 된 순간부터 지금까지 계속 똑같은 빈도와 강도로 우정을 이어가는 일은 아마 없지 않을까요.

하루라도 안 보면 이상할 정도로, 거의 매일 보고 항상 연락하던 친구인데 결혼해서 바쁜 인생을 꾸려가느라 한동안 못 보기도 하고, 사소한 오해로 사이가 멀어지기도 하고. 이렇게 한동안 못 만나다 어느 순간 다시 연락해 만나는 경우도 있어요.

예전에는 이메일이나 소셜미디어 같은 게 없었으니 전화번호와 집만 알고 있다가 이사를 가서 학교가 달라지고 연락처를 잃어버리면서 연락이 끊어지기도 했지요. 지금도 보고 싶은 옛날 친구들이 있어요. 그래서 약간의 기대를 갖고 기다리기도 하지요. 언젠가 연락이 닿아서 다시 친구로 돌아가게 될 수도 있을 테니까요.

한번 사귀면 평생 영원히 친해야 하고 그렇지 않으면 상대나 나를 책망하게 되는데 지금 돌아보니 꼭 그런 것만은 아닌 것 같아요. 그때의 인연이 있어서 즐겁게 잘 지내다 인연이 다하면 좀 덜 볼 수도 있는 것은 아닐까 생각하지요. 만남과 인연에도 유효기간이 있다고 생각하게 된 것 같아요.

내 눈앞에 있는 친구에게
모든 관심과 집중을

옛날 팝송 가사에 "연인들도 서로 떨어져 있을 휴일이 필요해(Even lovers need a holiday far away from each other)"라고 했는데, 친구도 적절한 거리 두기는 필요하다고 생각했어요. 아무리 친해도 허락 없이 다른 사람의 인생에 지나치게 개입하거나 참견하지 않으려고 하는데 그러다 보니 주위에서는 살갑지 않은 사람이라고 해서 당황했던 적이 많아요.

내가 생각하는 매너의 선을 넘을 수 있는 게 진짜 우정인가, 넘지 않도록 신경 쓰는 게 어른스러운 우정일까, 고민도 많이 했지요. 사실 사람을 사귀는 데 소심한 편이라 인스타그램에서 비공개설정을 해놓은 사람에게는 상대방이 부담스러워 할까 봐 친구 신청도 못 하는 편입니다.

이런 나에게 무슨 큰일이 생긴다면 누구에게 연락하고 싶을까. 아주 많을 것 같기도 하고 너무 적을 것 같기도 하고. 기자로 일하며 매일매일 새로운 사람들을 만나는 게 일이었는데, 좋은 분들이 너무 많았음에도 그 인연을 다 이어가지 못했던 것 같아요. 말하자면 새로 알게 된 친구와 충분히 친해지기 전에 또 새로운 친구를 소개받는 일의 연속이었으니까요.

정말 막역한 사이라고 부를 수 있는 것은 역시 저와 오랜 시간을 공유한 중학교와 고등학교, 대학 시절의 친구 너댓 명이지요. 아, 회사에 다니며 온갖 일을 함께 겪고 친구처럼 지내는 선배와 후배 몇 명이 또 있네요. 이렇게 보면 좋은 친구들이 생각보다 훨씬 많은 셈이에요. 물론 인생은 모르는 것이니 앞으로 새로운 친구를 만나 오래 우정을 나누는 것도 꿈꾸고 있기는 해요.

디지털과 소셜미디어 때문에 친구와의 관계도 많이 달라졌어요. 예전 같으면 편지 정도나 주고받았을, 해외에서 생활하는 친구와 실시간으로 안부를 주고받으며 궁금한 이야기를 하는 것이 너무나도 당연해졌지요.

그런데 반가운 친구를 만나놓고도 밥 먹는 내내 휴대폰 메시지를 확인하느라 정작 눈을 제대로 못 마주치는 때도 있지요. 멀리 있는 사람은 가까워졌지만 가까이 있는 사람은 오히려 멀어지게 만드는 게 디지털 시대이구나 싶어서 친구와 만날 때만이라도 핸드폰을 가방 속에 넣어놓으려고 애쓰는 중입니다.

당장 확인하지 않으면 큰일이 나는 연락이란 그리 자주 오지 않더라고요. 그 정도로 급한 일이라면 분명 다른 어떤 방법을 통해 연락이 될 거예요. 맘속에서는 벌써 수십 번 휴대폰 연락과 이메일 수신을 확인했지만 그런 마음을 꾹꾹 밀어 넣으며 내 눈앞에 있는 친구에게 모든 관심과 주의를 기울이는 것도 훈련이 필요한 일이더라고요.

바꾸고 싶은 '친구'의 개념

영화 〈내가 죽기 전에 가장 듣고 싶은 말〉(2017)에서는 딸뻘과 손녀뻘인 사람과, 나이와 인종과 하는 일을 넘어서 친구가 되는 멋진 여성이 등장합니다. 저도 앞으로는 '친구'의 개념을 좀 바꿔가려고 해요. 나이가 들어가면서 내가 보는 세상이 좁아지지 않았으면 좋겠어서요.

우리나라에서 '친구'란 동질성을 바탕으로 하기에 나이와 지역, 하는 일과 환경이 비슷한 사람들이 주로 친구가 되었지요. 그런 친구는 이미 많으니 이제는 새로운 친구를 사귀어보고 싶어요. 저와 전혀 다른 방식으로 세상을 보는 사람들. 나보다 나이가 훨씬 많거나 적고, 내가 가보지 않은 곳에 가서 해보지 않았던 일을 해본 사람들.

사실 걱정이 되기도 합니다. 이런 사람들과 어떻게 친구가 될 수 있을까요? 아주 어려서 "친구는 어떻게 사귀어야 하나"라고 엄마에게 물어본 적이 있어요. 그때 엄마는 단순하고 명쾌하게 "나랑 같이 놀래, 하고 먼저 물어봐" 이렇게 이야기하셨지요. 누군가에게 먼저 '친해지고 싶다'고 말을 거는 것도 연습과 훈련이 필요하다는 것을 아는 나이가 되었으니 먼저 용기 내서 친구 신청을 해야겠지요.

요즘에는 친구를 만나 마음 터놓기가 어렵게 느껴질 때가 가끔 있어요. 사춘기 이후 감정 격동을 다시 겪는 갱년기가 되어서 그런 걸까요? 다른 사람에게 이야기하는 것이 왠지 지치게 느껴질 때는 그냥 '당분간 나 자신과 우정을 쌓아야 할 때인가 보다' 하고 생각해요. 정신없이 살아온 나 자신의 친구가 되어주는 일도 필요하니까.

요즘 내가 제일 잘 모르겠는 대상, 나에게 가장 낯선 대상이 나이기 때문인가 봐요. 이렇게 오랫동안 나라는 사람으로 살아왔는데 이렇게 모르겠다니. 조금씩 나이 들며 가장 흥분되고 도전적이고 중요한 우정은 나 자신과 가지는 관계인 것 같아요. 적은 사람과 공유하는 깊은 우정, 다양한 사람과 나누는 적당한 관계의 폭넓은 우정, 나 자신과 쌓아야 하는 우정. 이런 관계의 우정을 모두 더해본다면, 그 총합은 대부분의 사람들이 거의 비슷하지 않을까요.

role model
삶의 본보기가 되는 여성들

?

마녀체력

여성 배우는 메릴 스트립. 어떤 역을 맡아도 백치미 같은 건 잘 풍길 수가 없지요. 한국 배우 중에선 김혜수. 사기를 쳐도 의리가 있어 보이는 캐릭터랄까. 소설가는 정유정. 불도저처럼 스토리를 밀고 나가는 배포가 남다르지요. 박경리는 우러러보는 대범한 작가. 시시한 정치판 남자들 사이에 껴 있기엔 아까웠던 강금실 전 법무부 장관. 당당하게 실력으로 승부를 건 강경화 전 외무부 장관. 초유의 고된 역경을 피하지 않고 끝까지 자리를 지킨 정은경 전 질병관리청장.

그리고 만화가 마스다 미리, 가수 김윤아, 방송작가 김은희, 사상가 헬렌 니어링과 대법관 루스 베이더 긴즈버그, 추리 작가 애거사 크리스티, 배구 선수 김연경, 테니스 선수 세레나 윌리엄스. 거기다 현실 속의 인물은 아니지만 빨강머리 앤과 캔디, 〈미스터 선샤인〉의 고애신 등등.

인류의 시작부터 절반은 여성이었지만, 역사의 토대 위에 올라선 세월은 얼마나 짧은가요. 언제쯤 내 책꽂이 절반이 여성 작가의 책으로 채워질까요. 좋아하고, 존경하고, 사랑하는 여성들을 내세우고 알리기. 어쩌면 글을 쓰는 여성으로서 우리가 사명감을 갖고 할 일 중 하나이겠지요. 나는 계속 이런 리스트를 쌓아갈 거예요.

> 나보다 신선하고 독창적일 게 분명한 후배의 멋진 여성 리스트를 보여주세요.

김은령

“ 슈퍼히어로보다,
완벽하지는 않지만 앞으로 나아가려
애쓰는 사람이 좋아요. ”

어려서 위인들의 전기를 많이 읽었는데, 성실하고 늘 노력하고 도덕적인, 완벽한 인간으로 그려져서 정말 다 그런 줄 알았어요. 나중에 알고 보니 그 위인들 중 상당수가 나름의 방식으로 이상하고 문제가 있다는 것을 알게 되었죠. 멋있게 시작했는데 갈수록 실망하게 되는 사람도 많았고. 하긴 그 사람들이 스스로를 완벽하다고 표현한 적 없는데 후대에서 멋대로 미화해놓고 무슨 결함이나 문제가 드러날 때 후려치기를 해대니 그분들도 억울하겠다 싶어요.

내 인생의 레퍼런스

자주 '롤 모델'에 관해 이야기하는데, 사람이 내리는 결정이나 판단은 상황에 크게 영향을 받는 것이다 보니 어떤 특정 인물을 선택해서 롤 모델을 삼는 것은 어려운 일이라는 생각이 들었어요. 모두가 그냥 자신의 인생을 살아가는 거고, 자신의 선택에 스스로 책임을 지는 거고.

대신 어떤 사람의 어떤 면들을, 내가 어떤 결정이나 판단을 내려야 할 때 참고할 수 있을 '레퍼런스'로 다양하게 찾아보자는 생각을 하게 되었어요. 그냥 누구에게서 무엇을 배울까, 어떤 상황에서 누구의 지혜를 빌려올 것인가 고민하곤 합니다.

저는 슈퍼히어로보다는 완벽하지 않지만 강하고 냉정한 여성, 불안을 억누르고 조금이라도 앞으로 나아가려고 애쓰는 사람을 좋아하는 것 같아요. 이를 테면 영화 〈양들의 침묵〉(1991)에 등장하는 클라리스 스털링 같은 사람이오. 이 시리즈를 통해 더 두드러지는 인물은, 잔인한데 이상하게 매력적인 한니발 렉터라고들 하지요. 그런데 저에게는 침착하고 명석하고 노력하는 FBI 수습요원 클라리스가 잔혹한 사건을 통해 성장하는 과정이 오랫동안 기억에 남아 있어요.

"한 마리 정도는 구할 수 있을 줄 알았는데…… 양이 너무 무거웠어요."

어린 시절 양떼목장에서 죽어가던 양들을 구하지 못했다는 자책에 성인이 되고 나서도 그때 양들의 울음소리를 여전히 듣는 사람. 자신의 일을 통해 그때의 무기력함에서 벗어나 성장하려는 사람. 이런 사람이 완전하지 않아도 멋진 인간형이 아닐까요?

"너희 스스로에게 이 질문을 해보렴, 너희는 위험을 무릅쓰고 멍청한 일을 하겠니? 아니면 위험을 무릅쓰고 대단한 일을 하겠니?"

나이가 좀 든다면 영화 〈내가 죽기 전에 가장 듣고 싶은 말〉에 등장해 이렇게 '뼈 때리는' 이야기를 하는 은퇴한 광고 전문가 헤리엇처럼 되고 싶어요. 자신의 부고를 컨펌하기 위해 담당 기자를 고용해 확인하는 이 여성은, 까칠한 성격에 함께하기 쉽지 않지만 동시에 솔직하고 열정적인 사람이지요.

성실하지만 소극적인 부고 담당 기자 앤과 말썽쟁이 소녀 브렌다와 우정을 나누고 격의 없이 어울려 새로운 세상을 배우면서 동시에 그들에게는 세상을 보는 또 다른 시각을 선물하지요. 실수와 과오를 인정하고 고쳐보려고 노력하면서 인생 마지막 순간까지 자기 자신으로 남을 줄 알았던 캐릭터. 저렇게 나이 들면 좋겠다 생각했어요. 헤리엇 덕분에 어차피 위험을 무릅쓸 거라면, 대단한 일을 해내는 위험을 무릅써야겠다고 새삼 결심하게 되었어요.

현실 속 레퍼런스
존경과 응원을 함께

현실 속 인물로 넘어온다면 존경하는 멋진 여성의 리스트가 정말 길어집니다.

경험하지 못한 바이러스에 맞서 침착하게 힘든 싸움을 지휘했던 정은경 전 청장은 물론 차별 없는 세상을 만들기 위한 법안을 만들어내고 있는 장혜영 의원을 존경하고 응원해요. 더 많은 사람들이 행복해질 수 있도록 공적인 영역에서 힘든 싸움을 벌이는 분들이지요.

도와주는 사람은 별로 없는 힘든 상황, 쓸데없이 참견하고 잘 모르며 훈수 두고 조금이라도 문제가 생기면 앞장 서서 빈정거리고는 아무런 책임을 지지 않는 사람들 속에서 어떻게 그런 담대함과 용기를 발휘할 수 있는 것인지. 이 나이쯤 되면 진짜 응원은 돈으로 하는 거라고 배웠으니 열심히 돈 벌어서 후원하고 싶어요.

선배도 멋진 여성으로 소개해준 메릴 스트립은 저도 많이 좋아하는 배우입니다. 영화 〈악마는 프라다를 입는다〉(2006)에서 냉정하고 능력은 뛰어나지만 자기중심적이고 오만한 편집장 역할을 멋지게 소화해, 같은 업종에서 일하는 저로서는 영화를 보다 "나는 이런 멋진 악마도 못 되고 시시한 빌런 정도의 편집장에 지나지 않겠어" 하고 한숨 쉬었던 적이 있지요. 그가 2014년, 인디애나 주립대 명예박사 학위를 받으며 했던 연설 중 기억에 남는 부분을 소개할게요.

“젊은 여성이건 남성이건 자신을 이상하게 만드는 것들이 결국엔 강점이 될 거예요. 모든 사람들이 다 똑같이 보이려고 애쓰는 상황에서, 무언가 다르게 보이는 사람들이 결국 눈에 띌 겁니다. 예전에는 내 코를 싫어했는데 이제는 그러지 않아요.(For young men, and women, too, what makes you different or weird, that's your strength. Everyone tries to look a cookie-cutter kind of way, and actually the people who look different are the ones who get picked up. I used to hate my nose. Now, I don't.)”

뭐, 비단 코나 외모에 관한 이야기뿐만은 아닐 것 같아요.

한두 가지씩 배워나가다 보면

여유롭지 않은 흑인 가정에서 태어난 여성으로 성별과 인종, 경제적 상태의 세 개의 허들을 넘어서 자신의 길을 찾았고, 다른 사람의 삶을 변화시키는 일에 자신의 영향력을 활용한 미셸 오바마는 “내가 스스로 나서서 자신을 규정하지 않으면, 남들이 얼른 나 대신 나를 부정확하게 규정한다”고 강조했습니다.

목소리를 내고, 원하는 것을 요구하며, 부당하고 옳지 않은 것들을 바꿔나가는 것은 자유 세계에 사는 우리의 권리이자 책임이고 의무겠지요. 당연하게 여겨지는 권리를 우리가 얻을 수 있도록 해주었던 할머니들, 어머니들, 언니들. 그 바통을 받아 세상을 조금 더 나은 곳으로 만들기 위해 애쓰는 친구들, 후배들. 상처뿐일 싸움에 기꺼이 혹은 마지못해 뛰어드는 여성들. 세상의 모든 내부 고발자들. 우리는 우리 앞의 여성들에게 빚을 많이 졌어요.

> 여러분은 인간이기에, 실패를 겪을 거예요. 실망, 부당함, 배신 그리고 돌이킬 수 없는 상실을 겪을 거예요. 스스로가 강하다고 생각했던 지점에서 약하다는 사실을 알게 될 거예요. 소유하기 위해 일하다가 어느 순간 소유당하고 있음을 알게 될 거예요. 이미 경험했다는 걸 알지만, 여러분은 앞으로도 어두운 곳에서 홀로 두려움에 질리게 될 거예요.
>
> 저는 여러분이 나의 자매이자 딸들, 형제이자 아들들 모두가 그곳, 그 어두운 곳에서 살 수 있기를 바랍니다. 우리의 합리주의 성공 문화가 부정하며 유배지라고 살 수 없는 곳이라고 이질적이라고 하는 그곳에서도 살 수 있기를요.
>
> _P. 209 《세상 끝에서 춤추다》(황금가지, 2021)

위로가 필요할 때 제가 좋아하는 작가 어슐러 르 귄이 해준 말을 떠올립니다. 저는 씩씩해지고 싶어요. 투정도 덜 하고 불평도 덜 하고 해야 하는 일을 잘 해내는 사람이 되고 싶어요. 이미 존재하는 수많은 멋진 여성들을 찾아 조금씩 한두 가지씩 배우다 보면 그런 분들처럼 되지는 않아도 비슷한 그 근처까지 갈 수 있을지 모르잖아요.

alpha girl
여자들의 미래

마녀체력

내가 자라던 시절과는 달리, 수많은 알파걸들이 등장했습니다. 남자아이들이 독점하던 반장, 회장 선거에 나가 거침없이 포부를 밝히고 그 자리에 올라섰지요. 많은 여성들이 대학 교육을 받고 사회 각계에 진출하면서, 어느 직군 앞에나 붙이곤 하던 '여' 자를 떼어냈습니다. 그뿐인가요, 오히려 여초 현상을 걱정해야 할 만큼 교사나 공무원 같은 몇몇 직군에서는 왕성하게 일하는 여성이 많아졌어요.

관심 있게 지켜보는 출판계의 변화도 고무적입니다. 책을 쓰는 저자도, 책을 사보는 독자도 대부분 여성이니까요. 남성 소설가를 찾으려면 손에 꼽아야 할 만큼 문학계의 패러다임마저 바뀌었어요. 내 살아생전 이런 날이 오다니!

하지만 아직도 쿼터제를 거론해야 할 만큼 주요 직군의 여성 숫자는 상대적으로 적은 게 현실입니다. 기업 CEO나 임원진, 법조계나 정치권 수장, 그 밖에 군사, 의료, 언론 같은 필드의 우두머리는 죄다 남성이 포진하고 있지요. 아무래도 시간이 좀 더 흘러야 할까요?

수많은 알파걸들이 자기 분야에서 최고의 자리까지 오르려면 어떤 자질들이 필요하다고 생각하나요? 여성 후배들과 일하면서, 남성과 비교할 때 유독 안타까웠던 사례들이 있습니까? 결혼과 출산이 여성의 발목을 잡는 장애물이라면, 어떤 방식으로 개선해 나가야 할까요?

김은령

" 누구의 도약이든 모두,
우리의 도약인 거죠. "

저 높은 빌딩의 숲
국회의원도 장관도 의사도 교수도 사업가도 회사원도 되지 못하고
개밥에 도토리처럼 이리저리 밀쳐져서
아직도 생것으로 굴러다닐까
그 넓은 세상에 끼지 못하고
부엌과 안방에 갇혀 있을까
그 많던 여학생들은 어디로 갔는가

2001년, 문정희 시인이 〈그 많던 여학생들은 어디로 갔을까〉를

발표하고 몇 년 후, 학업은 물론이고 운동, 각종 취미뿐 아니라 리더십에서도 빼어난 능력을 보이는, 이전에 없었던 젊은 여성들이 '알파걸'이라는 이름으로 등장했습니다.

이 단어를 널리 소개한 하버드대 교수 댄 킨들런의 《알파걸; 새로운 여자의 탄생》(미래의 창, 2007)을 읽으며 세상이 정말 변하나 보다 생각했어요. 페미니즘 영향을 받은 부모들의 딸 키우는 방식이 달라지며 성 역할을 제한 짓지 않다 보니 자신감 높고 성취욕도 강한 소녀들이 등장했다는 말이 반가웠지요.

1980년대 중후반에 태어났으니 이제 중년으로 접어들었을 그때 그 '알파걸'들은 어디서 무엇을 하고 있을까요? 몇몇은 국회의원도, 장관도, 의사도, 교수도, 사업가도, 회사원도 되어 있겠지요. 이들은 지금 행복할까요?

이전에 이미
많은 알파걸들이

노벨상을 받은 과학자였던 마리 퀴리, 여성참정권 운동을 했던 에멀린 팽크허스트, 한국 최초의 여성 변호사였던 이태영, 퍼스트레이디에 머물지 않고 국무장관을 거쳐 대통령 후보로 나섰던 야망 넘치는 정치가 힐러리 클린턴, 변호사 출신으로 남편이었던 버락 오바마보다 더 뛰어난 연설가였고 흑인과 여성, 아동 인권의 옹호자였던 미셸 오바마. 우리가 여기까지 올 수 있었던 것은 '알파걸'이라는 단어가 등장하기 전 이미 알파걸이었고 알파우

먼이었던 많은 여성들 덕분이지요.

6세에 대학에 입학한 해석기하학 능통자, NASA 전산 부문의 선도자가 된 프로그래머, 계산원으로 일하다 엔지니어 코스를 밟지만 학위를 줄 수 없다는 학교와의 소송에서 승리한 항공 엔지니어 등 1960년대 인종차별과 성차별의 이중 장애를 뚫고 NASA 최초의 우주궤도 비행 프로젝트를 성공시킨 흑인 여성들을 그린 영화 〈히든피겨스〉(2017)에 이런 대사가 등장합니다.

"교직 인생에 따님 같은 인재는 처음 봤어요. 어떤 인물이 되는지 보셔야 해요.(I have never seen a mind like your daughter has. You have to see what she becomes.)"

교사가 이렇게 감탄했던 학생은 여자이고 흑인이라는 이유로 중요한 회의는 참석하지 못하고, 하고 싶은 공부를 맘껏 할 수도 없었습니다.

"방법은 하나야, 최대한 배워서 우리 가치를 올려야지.(There's only one thing to do: Learn all we can.)"

영화 속 배경은 1960년대인데 지금까지도 상황은 달라지지 않았나 봐요. 여성이 성공하고 인정받고 싶으면 계속 무언가 배우고 더 많이 노력해 '알파'라는 별칭을 달아야 하죠.

세계적인 기업을 경영하거나, 놀라운 체력과 정신력으로 올림픽에서 메달을 따거나, 감동적인 예술작품을 만들어내는 남성이 알파보이, 알파맨이라고 불리는 경우는 없는 것 같아요. 남성이 기준이 되어 여성이 '예외'로 여겨지는 상황에서 알파걸, 알파우먼이라는 표현에 마음이 가지는 않더라고요.

'끈적이는 바닥'을 걷어찬다고 해도

사회적으로 큰 성공을 거둔 여성들을 취재할 때마다 느끼는 것이 있었어요. 여성으로 특별한 성과를 내는 동시에 여성으로서의 제한을 뛰어넘을 수 있다고 증명하기 위해, 압박과 스트레스도 플러스 알파급으로 많이 받는다는 것이었어요.

벗어나기 어려운 저임금 노동을 일컫는 '끈적이는 바닥(sticky floor)'을 걷어차고, 남성을 기준으로 설계되어 여성을 받아들이는 일이 익숙하지 않은 조직에서, 여성이라는 것 자체가 문제되지 않도록 노력해 여성의 사회 참여나 승진을 가로막는 '유리천장(glass ceiling)'을 뚫고 원하던 자리에 오르는 길이 쉬웠다고 말하는 여성은 아무도 없었어요.

기업에 처음 입사할 때 남녀 비율은 거의 비슷하지만 임원으로 올라갈수록 격차가 벌어지고 CEO 후보라 할 수 있는 각 부문 최고 책임자 레벨(C-suite)에 오른 여성 임원은 손에 꼽을 정도입니다. 2021년 대한민국 상장법인의 여성 임원 비율은 5.2%라고 하네요. CEO로 올라가면 그 수는 더 줄어들겠죠.

이렇게 앞으로 나아가려는 과정에서 이번엔 '유리절벽(glass cliff)'을 만나게 됩니다. 조직 내 문제가 생기거나 성과가 좋지 않을 때, 주가가 떨어졌을 때처럼 위기의 상황에서 여성을 승진시킨 뒤 만일 실패하면 책임을 물어 해고하는 것이지요. 통상적인 상황에서는 고위직을 맡기 어려운 여성들은 이런 '독이 든 성배'를 늘 마실지 말지 결단을 내려야 합니다.

온갖 고생을 하고 비로소 인정받는 자리에 올라서 모임이나 행사에 갔다가 문득 그곳에 있는 사람들 중 여성은 자기 혼자임을 발견하고는, 좋은 성과를 내기 위해 애쓰다 고독과 심리적 압박을 느끼는 '이 방의 유일한 여성 증후군'을 경험하기도 하죠. 외부 평가를 지나치게 의식해 자신의 실력이나 자격을 끊임없이 의심하는 '가면 증후군'을 겪기도 합니다. 탁월함과 노력에 대해 치러야 하는 대가가 너무 큰 것이 아닐까요.

유리천장을 깨고 유리절벽에서도 간신히 살아남는다고 해서 끝이 아닙니다. 아무리 잘나고 똑똑한 여성이라도 아내와 엄마로 전통적인 역할을 잘 해내야 한다는 무언의 압박이 존재해요. 자기 분야에서 만족스러운 성과를 내고 나름 즐겁게 살아도 적당한 시기에 결혼하고 아이를 낳지 않는다면 인생에 무언가 문제가 있는 거라고, 진짜 성공이 아니라고 들볶아대지요.

워킹맘들은 "3대가 덕을 쌓아야 좋은 육아도우미를 만난다"는 말을 하는데 이마저도 어려워 친정어머니나 시어머니처럼 다른 여성의 희생과 노력에 기대야 하는 경우가 많지요. 함께 일하는 후배들을 보면 어려서 울고불고 매달리는 아이를 떼어놓고 출근을 하며 버티다, 아이가 학교에 들어갈 때쯤 그만두는 경우가 많았어요. 아이의 성적이 엄마의 성적이 되는 사교육 광풍에 아이와 엄마가 2인 3각을 해야 한다는 거죠.

아이와 관련된 문제일 경우에는 제가 아무것도 도와줄 수가 없더라고요. '결혼도 안 하고 아이도 안 낳는 이기적인 요즘 여자들'이라고 공격하기에 앞서서 사회가 여성들을 어떻게 대했는지 생각해 보자고요. 별로 떠오르는 것이 없어요. 성취에 대한 열망이 강하지만 자신이 선택한 인생과 가족을 책임지기 위해 일터에서 물러나는 여성들에게 '경단녀'라는 무례한 이름을 붙이는 것 말고 무엇을 해주었는지.

서로가
의지와 응원이 되길

과학자 출신으로 15년간 독일 수상으로 일한 앙겔라 메르켈은 일하는 동안 여성을 위해 목소리를 높인 적이 없다고 공격받기도 했습니다. 하지만 남성만 맡아온 국방장관에 일곱 아이의 엄마인 여성을 임명했고 2018년 남성들만이 참석한 이스라엘 청년 비즈니스 리더 그룹과의 미팅에서 "다음번엔 미래의 리더들 사이에 여성들이 있으면 지금처럼 실망하지 않을 겁니다"라며 성별 불평등을 에둘러 비판했습니다.

자신의 자리에서 매일 나름의 전투를 벌이며 조금씩 세상을 바꿔주는 이런 사람들 덕에 모두가 좀 더 나은 세상에서 살 수 있으니 우리는 번지르르한 수사나 혐오의 말 대신 실질적인 변화를 보여주며 조용하게 한 발 더 나아가게 해주는 여성들의 편이 되어야 할 것 같아요.

먼 거리를 날아서 이동하는 새들처럼, 앞서서 달리다 지치면 뒤쪽으로 가서 잠시 기운을 차리고 그동안은 다른 사람이 대열을 이끌고 목적지로 향하는 길고 긴 여정. 앞선 누군가 유리천장에

금이 가게 만들고 유리절벽 아래에 안전 담요를 설치해 주었으며 끈적대는 발 밑을 조금이라도 닦아주었으니, 그 다음 사람들은 그만큼 나아진 상태에서 싸움을 이어받아 다시 열심히 변화를 만들어가게 되겠죠.

〈히든피겨스〉에 나왔던 것처럼 '누구의 도약이든 우리 모두의 도약(Any upward movement is movement for us all)'이 될 테니, 뛰어난 여성들을 만나면 화부터 내는 세상에서 우리는 서로의 의지와 응원이 되어주기로 해요.

성 평 등 은 ,

가장 건전하고 효율적인

생존 방식

!

여 자 의 미 래 ,

두 발 나아갔다

한 발 뒤로 가기를 반복하겠지만

결국은 전진

Life

우리는

재미나게

살아갑니다

Life

행복의 비결이 궁금한

후배가 묻고

습관에 강한

선배가 답하다

habit
좋은 습관

김은령

그동안 크게 어디가 아프거나 문제가 된 적도 없고 마감을 하며 늦게까지 일을 해도 그다음 날이면 아무렇지 않게 출근해서 일을 하곤 해서 건강에는 자신이 있었어요. 그런데 역시 시간의 공격 앞에서는 자신감이 다 흔들리네요.

만성피로와 혈액 순환에 문제를 느껴 얼마 전부터 아침에 일어나 매일 물을 마시고 스트레칭을 하자고 결심했어요. 그러나 아침잠이 많은 저는 여전히 침대를 박차고 일어나지 못해 꾸물대다 마지막 순간에야 일어나 허둥지둥 출근하느라 이런 결심은 물 건너간 지 오래입니다. 그나마 사무실에 도착해 보온병에 따뜻한 물을 잔뜩 담아놓고 하루 종일 이 양만큼은 마시자, 하고 있지요.

저는 유혹에 취약한 스타일입니다. 다이어트에 성공해본 적 없고 커피를 끊거나 줄이는 것도, 운동을 규칙적으로 하는 것도 모두 실패. 건강 때문에 달거나 지방이 많은 것을 먹으면 안 되는데 아이스크림이나 케이크 앞에서는 그냥 허물어지지요. 의지박약에 작심삼일, 될 대로 되라 포기도 빠르고.

한번 결정하면 좋은 루틴을 계속 이어가는 선배를 보며 자극을 받는데, 좋은 습관을 키운다는 것은 어떤 의미인지, 어떻게 하면 그것을 몸에 익힐 수 있을지 궁금해요.

마녀체력

"우선순위를 바꿔야 해요!"

후배 마음과 행동을 충분히 이해해요. 이해하고 말고요. 매일 9 to 6로 출퇴근을 할 땐 나도 별수 없이 그랬답니다. 회사생활이 가장 우선순위였으니까요. 내가 맡은 지위와 책임, 거기에 따른 보수를 유지하려면 어쩔 수 없이 감수해야만 하는 일이었고요.

다만 그러느라 몸이나 정신 건강이 무너질 만큼 방치해서는 안 됩니다. 뭔가 중요한 걸 놓치고 산다 싶으면, 더 늦기 전에 우선순위를 바꿔야만 해요. 바보들은 꼭 당하고 나서야 깨닫는다지만, 후배는 누구보다 현명한 여성이니까 미리 알아채리라 믿습니다.

인간이란 원래 유혹에 취약하고, 남의 탓을 하고, 마음이 자주 왔다 갔다 하는 존재예요. 후배만 그런 것이 아니라 나 역시도 결심했다가 그만둔 일이 부지기수랍니다. 안 그럴 것 같다고요? 하하! 매일 읽겠다고 잔뜩 사놓은 영어책들이 그대로 구석에 쌓여 있습니다. 학원을 못 다니게 되면서 열어보지도 않고 처박아놓은 해금 가방 위에는 먼지가 뽀얗게 앉았네요. 다시 악보를 보는 것부터 해야 된다고 생각하니, 시작할 엄두가 안 납니다.

지금이라도 늦지 않았으니까 다시 책을 펼쳐 읽고, 해금을 꺼내 보면 될 텐데 내가 어떻게 하는지 알아요? 찝찝해하면서도 그 쪽 방향을 외면합니다. 당장 시급하거나 중요하지 않으니 자꾸만 우선순위에서 밀리는데 우리, 회사에서 일하며 배웠잖아요? 그런 일들일수록 평소에 조금씩 해놔야 나중에 자책이나 후회가 적다고 말입니다.

좋아하는 것을 오래 즐길 수 있는 장치

자, 그럼 어떻게 해야 할까요. 일단 돈을 지불해서라도 억지로 이어가는 방법이 있겠지요. 학원을 다닌다든지, 개인 교습을 받는 방식으로요. 물론 이조차도 의지와 시간이 부족하면 그냥 '기부'로 끝나는 일이 생기지만요. 나는 범생이과라서, 그런 식으로라도 일단 시작을 해놓으면 꾸역꾸역 해나가는 편입니다. 돈도 아깝지만 남과의 약속이고 일종의 계약이기도 하니까요.

2021년을 정리하다 보니, 다른 해보다 책을 훨씬 많이 읽었더군요. 코로나 탓에 독서 시간이 늘기도 했지만 더 큰 이유는 도서관 대출이 많아졌기 때문입니다. 책을 다 읽지 못하고 반납하는 것을 싫어하는 성격이라, 날짜가 닥치기 전에 부지런히 읽어댄 겁니다. 돈이 들지는 않았지만 나름의 강제적인 장치를 이용한 셈이지요.

나 역시 커피를 좋아해서 달달한 디저트와 함께 먹는 시간을 큰 행복으로 느끼는 사람이에요. 모쪼록 오래오래 즐기고 싶은데, 그러지 못할 상황이 올까 겁이 나기도 합니다. 위 상태가 나빠지거나 불면증이 심각하거나, 아니면 엄마의 유전자를 이어받아 당뇨가 생긴다거나. 그래서 평소에 과식하지 않고, 밤늦게 먹는 걸 자제하고, 불면증을 고치기 위해 여러 가지 습관을 들이고 있는 중입니다.

요즘에는 저녁 먹을 때 일부러 과일 샐러드를 반찬 삼아 만들어 먹어요. 예전엔 꼭 식후에 과일을 먹는 편이었거든요. 매일 한 숟가락씩 먹으면 좋다는 올리브유, 식초, 매실액을 섞어 소스로 쓰고요. 저절로 과식이나 당뇨 등을 예방하는 데 도움이 되는 습관으로 만들었습니다.

갱년기 증상으로 불면증이 심각했는데, 아침 햇빛 쬐기와 마그네슘 복용, 매일 족욕을 하면서 요즘엔 수면보조제를 먹지 않고도 잠을 잘 자요. 그래서 걱정 없이 아침마다 맛있는 커피와 디저트를 먹는답니다. 결국 좋은 습관이란, 내가 좋아하는 걸 오래 즐길 수 있게 해주는 장치가 아닐까요?

괜히 의지만 탓하지 말고, 우리에겐 시간을 나누고 계획을 짤 수 있는 캘린더가 있다는 것을 다행으로 여겨봅시다. 목표를 너무 멀리, 높게 잡으면 누구나 일찌감치 지치고 포기해버리기 쉽지요. 내가 해볼 만하게, 그래서 반드시 성취할 수 있도록 만만하게 잡고, 일단 시작하는 것이 중요해요.

좋은 습관이 많아야
좋은 인간

팀 페리스가 쓴 《타이탄의 도구들》(토네이도, 2017)을 보면, "어떤 훈련이나 연습이, 삶에 뚜렷한 변화를 일으키는 데에는 얼마나 시간이 걸릴까"라는 질문이 나옵니다. 달라이 라마는 간단명료하게 대답했대요. "50시간 정도"라고. 매일 한 시간씩 시도한다면 두어 달쯤 걸리겠네요. 그게 어렵다 싶으면 한 달이나 주 단위로 잡아도 좋다고 생각합니다.

후배만큼이나 눈코 뜰 새 없이 바쁜 미국의 여성 의사가 있는데, 그가 쓴 책 《지금, 인생의 체력을 길러야 할 때》(북라이프, 2020)를 참고해봐도 좋겠습니다. 이 사람은 영리하게도 한 달 단위로 목표를 바꿔가면서 자기 몸이 어떻게 변하는지 실험해 보더군요. 예를 들면 금주, 플랭크, 채식, 명상, 걷기, 수분 섭취 등등의 목표를 정해서 딱 한 달만 유지해보는 겁니다. 해볼 만하면 계속 하고, 영 못하겠다 싶으면 한 달 후 그만둬도 되니까 대단히 힘든 목표는 아니지요. 어차피 몸에 좋은 습관들이니, 하면 한 만큼 이익인 셈입니다.

나는 요즘에도 새로운 습관들을 계속 늘려나가고 있어요. 예전부터 했다면 좋았겠지만, 뒤늦게나마 시작했으니 천천히 루틴으로 만들어갈 작정입니다. 아침에 잠이 깨면 그대로 누운 채 몸을 꼼지락거리면서 10분 정도 오늘 하루를 어떻게 보낼까 생각해요. 몸을 일으키고 나면 바로 침대를 정리하고, 물을 끓여서 찬물 섞어 석 잔 마시기, 그리고 현관에 놓인 신발을 정리하는 일은 그새 완전히 몸에 익었습니다.

재미있는 사실은, 당신들도 해봐라 권한 적이 없는데 남편이나 아들이 자기 눈에도 좋아 보이는지 슬슬 내 행동을 따라하지 뭡니까. 아들도 어느 날부턴가 침대 위를 깨끗이 정리한 뒤에 출근합니다. 내가 텔레비전을 보면서 스트레칭이나 근력 운동을 하면, 옆에 앉아 있던 남편도 라켓을 휘두르든지 아령을 들었다 놨다 하더군요. 다들 일어나면 아침마다 물을 마시고, 과일 샐러드를 반찬 삼아 먹으니 후식 달라는 소리도 사라졌습니다. 저녁엔 각자 취향에 맞는 차 한 잔으로 마무리하지요.

하루하루 좋은 날이 쌓여서 좋은 인생으로 나아가듯이, 습관도 그런 게 아닐까요. 누군가의 말처럼, 좋은 습관이 많은 사람은 좋은 인간이 될 수밖에 없습니다. 그러니 나는 오늘부터 다시 영어책을 읽기 시작할 겁니다. 가방 위에 쌓인 먼지를 털어내고 해금을 꺼내, 〈학교 종이 땡땡땡〉부터 연주해 보렵니다.

luxury
스스로에게 허락하는 호사

김은령

아무도 나만큼 나를 아껴줄 수는 없다고 생각했던 것 같아요. 젊었을 때는 월급 받으면 옷 사고 핸드백 사고 좋은 데에 가서 밥 먹고 놀러다니느라 정신이 없었지요. 그런데 이런 즐거움은 오래가지 못하더라고요. 물건을 사봤자 그 순간만 신이 나지, 별로 잘 쓰지도 않고. 별 쓸데없는 예쁜 쓰레기들을 심심풀이로 샀다가 잊어버리기도 하고.

잡지를 오래 만들다 보니 깨달은 것이 있는데, '정말 멋지고' '꼭 사야 하고' '인생템이 될 만한' 물건들은 매년 시즌마다 새롭게 쏟아진다는 것이에요. 지금, 이번 시즌에 안 사도 다음 시즌에 또 무언가 나오게 되어 있더라고요. 신상품에 지쳐버렸는지 어느 순간부터는 물건으로 쌓일 만한 것들은 가능한 한 사지 않으려고 노력하고 있어요.

제가 어디에 돈을 가장 많이 쓰나 살펴보니 그나마 먹고 마시는 것들이네요. 누구에게나 어느 한 부분에서 적절한 사치는 허용되어야 한다고 생각하는데 제 경우는 그것이 먹는 것과 연관되어 있나 봐요.

선배가 일상에서 스스로에게 허락하는 호사, 플렉스, 럭셔리는 무엇이며 어느 정도까지인가요?

마녀체력

" 경험을 기억하는 일에 돈을 쓰는 건 아깝지 않아요. "

같은 회사를 다니며 오다가다 복도에서 후배를 만날 때마다 좀 신기한 족속이라고 생각했습니다. 나야 전형적인(일부러 촌스러운 걸 선호하는) 출판 편집자라서, 패션이라든가 명품, 액세서리 등에는 원체 관심이 없었거든요. 그런데 후배는 오랫동안, 게다가 '럭셔리'한 고급 잡지를 만들어왔으니 다른 동료들처럼 머리부터 발끝까지 사치스럽게 꾸밀 수도 있었잖아요. 그런데 내 눈에는 그런 사람들 틈에서 유독 검소하고 소박해 보였거든요. 하하! 아무래도 내겐 후배가 사들였다는 신상 옷이나 구두, 핸드백을 알아보는 눈이 없었나 봅니다. 미안!

내 인생의 사치,
사이클

하긴 그런 면에는 전혀 문외한이라, 샤넬이나 구찌, 루이비통 정도로 웬만해선 모를 수 없는 브랜드 외에는 구분을 하지 못해요. 안다고 쳐도 매장의 실물이 아닌, 대부분 영화나 책을 통해 습득한 상식에 불과합니다. 향수나 사봤을까, 자그마한 지갑이나 명함 케이스 같은 소품조차 사본 적이 없군요. 명품의 가치를 모르거나 비하하려는 것이 아니라, 취향의 문제랄까요. 나는 저렴하면서도 키치한 것들의 발랄함에 더 끌리곤 합니다. 젊었을 땐 돈에 여유가 없어서 비싼 물건은 쳐다보지도 않았는데, 나이 들어선 "굳이 뭘……"이 되어버렸지 뭡니까.

결혼하고 나서 10여 년이 흐를 때까지는 집을 사는 자금을 모으는 데 총력을 기울였습니다. 하도 전세를 전전하며 이사를 다니느라 지쳐 버렸거든요. 간신히 마흔 즈음에 집을 한 채 마련했고, 그제야 경제적인 여유가 약간이나마 생겼습니다. 하지만 그때쯤엔 이미 운동의 매력에 슬슬 눈을 뜨기 시작한 터라, 딴 데다 쏟을 정신이 없었답니다.

내가 가진 물건 중에 가장 비싸고, 그럼에도 전혀 비용이 아깝지 않은 유일한 사치품은 사이클입니다. 2021년에 큰맘 먹고 새로 구입했어요. 바로 전에 타던 사이클을 10여 년 넘게 탔으니, 이번에도 60대 중반까지 신나게 타고 다닐 겁니다. 아마도 내 인생의 마지막 사이클이 되지 않을까 싶어요.

그 외에 '기능성'이 중요한 운동 용품을 구입할 때만은 돈을 아끼고 싶지 않습니다. 예를 들어 위험한 낙차에서 내 머리를 보호해줄 헬멧, 달리기를 할 때 쿠션 역할을 하는 마라톤화, 내 약한 손목에 딱 맞춤한 경량 배드민턴 라켓 등은 괜히 비싼 게 아니라 반드시 돈값을 하더군요.

사치를 위한
나만의 기준

평소엔 소박하게 사는 편이지만, '이럴 땐 사치쯤 부려도 괜찮아'라고 여기는 몇 가지 기준이 있습니다. 가족이 다 함께 즐기는 일에는 빡빡하게 돌아가던 가계부의 회로가 멈추곤 합니다. 사랑하는 이들과 멋진 곳을 여행하고 맛있는 것을 먹는 것만큼 행복한 일이 또 어디 있겠습니까. 우리가 눈을 비벼가며 밥벌이의 고단함을 견뎌내고 돈을 저축하는 것은 바로 이럴 때 쓰기 위한 거잖아요.

그렇다고 고급 레스토랑이나 유명 맛집을 찾아다니는 쪽은 전혀 아니고요.(기다리는 걸 싫어하니까.) 오히려 몇 군데 편안한 단골 식당에 자주 가는 걸 즐깁니다. 요즘엔 금요일 밤마다 세 식구가 동네 일식집에 가서 맛있는 안주 두어 개 시켜놓고 하이볼을 마셔요. 정말이지 일주일의 피곤함이 싹 풀리는 시간이지요.

매일 쓰는 물건이라든가 자주 먹는 음식이라면, 비싸더라도 좋은 걸 선택해야지요. 집에서 일하기 시작하면서 서서 일하는 책상을 구입했는데 아주 만족스러워요. 노트북과 블루투스로 연결되는 키보드와 마우스도 가격은 사악하지만 글쓰기가 한결 편안해졌고요. 최근에 고민하다가 산 물건 중 가장 만족도가 높은 건 믹서처럼 생긴 '원두 그라인더'랍니다. 1인분씩 적당한 양을 빠른 시간으로 갈아주니까 다양한 원두를 사다가 매일 집에서 핸드드립으로 맛있는 커피를 즐기고 있어요. 결국 카페 가서 마시는 횟수가 줄어들었으니, 이 정도면 사치품이라고 할 수도 없겠지요?

지금이 아니면 할 수 없는 모험이나, 경험을 기억하는 일에 돈을 쓰는 건 아깝지가 않아요. 여행을 가면 현지에서만 볼 수 있는 공연이라든가 행사, 미술 전시를 꼭 찾아보는 편입니다. 기껏 시간과 경비를 들여서 멀리까지 왔는데 돈이 아깝다고 주저하거나 포기하면 난센스겠지요. 그 경험을 오래 간직하게 해줄 기념품을 사는 것도 나만의 '사치'랍니다.

그러니 면세점에 있는 샤넬 백보다, 영국 테이트모던 미술관에서 열린 〈리히텐슈타인 특별전〉을 본 뒤에 사온 에코백이 나한테는 훨씬 소중한 셈이지요. 주말에 포토벨로 마켓을 헤매다가 골라온 낡은 앤티크 브로치도 그 어떤 보석보다 아끼는 거고요. 아! 출장으로 라스베이거스를 갔을 때 카지노는 구경만 했고 대신 배우들이 간다는 숍을 찾아, 내 얼굴형에 딱 맞는 앙증맞은 모자를 하나 사왔죠.

남편과 처음 일본 오타루에 갔을 때 예상보다 가격이 세서 집었다 놨다 하다가 차마 사오지 못한 기념품이 있었어요. 대나무 모양으로 생긴 초록빛 술병과 술잔 두 개였죠. 집에 돌아왔는데 계속 머릿속에 삼삼하게 떠오르는 거예요. '우리가 또 언제 오타루에 가볼까' 싶으니까 안 사온 것이 후회막심이었습니다. 그런데 기적처럼 다시 갈 기회가 생겼고, 우리는 그 대나무 술병과 술잔을 찾아 오타루의 유리 공예 가게를 전부 뒤졌어요. 하하! 결국엔 사왔고, 거기에다 사케를 따라 마실 때마다 그 얘기를 나눈답니다.

지금은
덜 사야 할 때

50대 중반을 넘어서니 그 정도의 물욕도 많이 줄어드네요. 뭐랄까, 이제는 무엇을 사는 것보다 없애는 데 더 치중해야 하는 나이가 아닌가 싶어요. 한 아파트에서 19년이나 이사를 안 가고 살다 보니, 버거울 정도로 책과 옷, 물건이 많이 쌓여서 종종 숨막힙니다. 미니멀리스트까지는 못 되더라도 앞으로는 더 고민해서 사고, 더 과감하게 정리하는 생활로 나아가려고 해요. 아마도 나의 사치스러운 분야 역시 무형의 경험이나 먹고 마시는 쪽으로 점점 더 옮겨가지 않을까요?

그럼에도 불구하고 얼마 전, 좋아하는 이미경 화가가 그린 벚꽃 그림 한 점을 봤는데 너무나 소장하고 싶더군요. 장인이 만든 다리 선이 고운 작은 소반 하나도 갖고 싶은데, 못 사고 침만 흘리고 있습니다. 남은 삶 동안 매일 저녁마다 벽에 걸린 그림을 보면서, 소반에다 술 한 잔 놓고 마시는 호사를 누릴 수 있다면 그걸로 족합니다.

happiness

행복의 지속

김은령

멋지고 낯선 도시로 떠나는 여행, 깜짝 놀랄 만큼 비싼 물건, 승진이나 포상 같은 성취와 성공은 자극이 크긴 하지만 금세 익숙해지고 그 이상의 자극을 원하게 되어서 오히려 우리를 더 공허하고 지치게 만들어 버리지요. 가장 소중하고 의미 있는 것은 매일매일의 일상인 것 같아요.

예전에는 일에 지쳐 주말이나 휴일이 되면 그냥 멍하니 소파에 누워 시간을 보내고 말았는데 이제는 조금 더 적극적으로 행복을 찾아 나서고 싶어요. 코로나로 인해 어디에 갈 수도 없고 무언가 할 수도 없는 시간을 보내면서 우리에게 주어진 시간이라는 것이 정말 극히 한정되어 있구나, 예측할 수 없는 세상에서 우리에게 어떤 일이 생길지도 모르는데 그냥 지금 이 순간이 제일 소중하지 않을까, 다시 한번 생각하게 되었지요.

그래서 주말이면 조금 힘들어도 아침 일찍 집을 나서서 전시를 보고 커피를 마시고 새로 생긴 레스토랑을 찾아가 밥을 먹고 익숙하지 않은 공연들도 찾아가지요.

선배는 일상에서 언제, 무엇을 할 때 가장 행복한지요? 행복을 지속하기 위한 선배만의 방법이 있는지요?

마녀체력

“ 일상에 행복을 느끼는 순간을 많이 심어놓아요. ”

허! 어느새 후배도 인생의 가장 중요한 지혜 하나를 깨우쳤군요. 평범한 일상이 무너지면, 그 아무리 성공한 사람이라도 불행할 수밖에 없는 법입니다. 좋아하는 작가 에이모 토울스는 소설《우아한 연인》(현대문학, 2019)에서 아버지의 입을 빌어 이렇게 말해요.

> 사람이 일상적인 것, 그러니까 현관 앞 계단에서 피우는 담배나 욕조에 몸을 담그고 먹는 생강 쿠키의 즐거움과 맛을 느끼지 못하게 된다면 십중팔구 쓸데없는 위험 속에 몸을 담갔다고 보면 된다.
>
> _ P. 209

뭔가 대단한 걸 경험하고 만끽해야만 행복하다고 착각하기 쉬운데, 살아 보니 그렇지 않더군요. 나를 움직이게 하는 동력, 내 입

꼬리가 올라가도록 만드는 기쁨은 평범한 디테일에 있다는 걸 깨달았습니다. 남들이 보기엔 "에게!" 소리가 나올 만큼, 나란 인간이 얼마나 쉽게 행복해지는지 들어볼래요?

나의 평범하고도 행복한 하루 일지

겨울에는 아침 6시에도 해가 뜨지 않아 컴컴한데, 그 시간에 나는 집을 나서곤 합니다. 배드민턴 조기 클럽에 나가고 있거든요. 체육관까지 걸어가면서 감사의 기도를 중얼거립니다. 오늘 아침에도 무사히 눈이 번쩍 떠져서 아무 일 없이 평탄하게 운동을 나가고 있으니 얼마나 다행인가요.

물론 두어 시간 사람들과 코트를 뛰어다니며 움직이는 것도 좋지만, 내가 진짜로 '사는 기쁨'을 누리는 순간은 운동보다 사실 샤워할 때랍니다. 어쩌면 샤워를 하기 위해 운동을 한다는 말이 나올 법도 해요. 머리가 젖도록 흠뻑 흘린 땀을 뜨거운 물로 씻어내고 마지막으로 찬물로 헹굴 때 느끼는 격한 개운함이라니! 그런 산뜻함을 뭐랑 바꿀 수 있을까요? 언젠가 운동은 빼먹고 샤워만 했는데, 김빠진 사이다를 마시는 것처럼 전혀 그 느낌이 오지 않았습니다. 그러니 반드시 운동 후의 샤워!

운동을 하고 돌아와 특별한 일이 없는 날이면, 의식처럼 각종 야채와 과일을 잘라 샐러드를 만듭니다. 곁들여 호밀빵을 한쪽 데우고, 핸드드립으로 커피를 내려서 먹는 아침 식사. 혼자 먹을 때는 한가롭고, 주말에 가족과 함께 먹을 때는 평화로워요. 하루 중에 가장 좋아하는 시간이에요. 이 아침을 먹기 위해 오늘도 살고 있구나 싶을 정도로, 매일 먹어도 어쩌면 그리 맛있을까요.

신선한 과일과 채소, 우리밀로 만든 고소한 통밀빵, 그리고 쓴맛이 나도록 잘 볶은 원두를 사는 데는 돈을 '펑펑' 쓴답니다. 겨우 요 정도 돈으로도 이만큼이나 행복해질 수 있다면, 이거야말로 완전 남는 장사 아닐까요?

원래는 먹을 때 텔레비전을 보지 말라고 하잖아요. 무심코 많이 먹어서 살이 찐다고요. 하지만 나는 샐러드 그릇에 담긴 정량만 먹기 때문에, 천천히 씹으면서 넷플릭스를 틀어 놓고 〈에밀리, 파리에 가다〉(2020) 같은 드라마를 한 편 정도 본답니다. 자막을 영어로 해놓고 귀로는 대사를 따라가고, 눈으로는 주인공들의 화려한 의상을 구경하며 오래전에 가봤던 파리의 거리를 훑는 기분이란! 오감을 총출동시키는 짜릿한 재미를 아침마다 누립니다.

식구들이 별 약속 없이 귀가하면 대개는 간단한 일품 요리로 이른 저녁을 만들어 먹어요. 7시 전에 설거지까지 얼른 해치우고 나서 각자 좋아하는 주류(와인, 맥주, 막걸리)를 앞에 놓고, 두 시간 정도 배구를 봅니다. 이상하게 스포츠 경기는 혼자 보면 재미가 확 떨어지더라고요.

특히 남편과 만 원씩 걸고 어느 팀이 이기나 내기를 하면, 경기를 보는 내내 심장이 쫄깃쫄깃해집니다. 늘 기다려지는 시간이에요. 5세트까지 가는 접전 끝에 내가 응원하던 팀이 질 땐 열불이 납니다. 대신 만 원짜리를 들고 흔드는 중년 남자의 엉덩이춤을 관람할 수가 있답니다.

그럼 배구 경기가 없는 날은 어떻게 하냐고요? 하핫! 〈싱 어게인〉 같은 노래 방송을 보거나, 유튜브로 배드민턴 또는 국제 테니스 경기를 골라 관람합니다. 한 달 내내, 사이클 경기인 '뚜르 드 프랑스'를 보기도 하고요. 참 다행이죠? 남편과 관심사가 비슷해서. 아니, 사는 동안 비슷해져서. 적어도 리모컨 쟁취 싸움을 안 해도 되니까요.

또 다른 내일을 위한 밤의 리추얼

아침 운동을 하러 나가려면 일찍 잠자리에 들어야 해요. 어쩐지 노인네들 같지요? 하지만 행복해지는 데 좋은 수면은 굉장히 중요한 자리를 차지합니다. 10시쯤 되면 주섬주섬 잠을 잘 준비를 해요. 난 특히 겨울이면 잠자리에 드는 걸 더 좋아하는데 그 이유가 뭔지 알아요? 따뜻하고 포근한 극세사 이불 덕분이에요. 밖에 외출했을 때도 이 이불만 떠올리면 얼른 집에 들어가고 싶어 견딜 수가 없답니다.

이왕이면 가장 재밌는 책을 침대 옆에 가져다 놓고 자기 전에 이불 덮고 앉아 30분 정도 읽는 행복이란! 오늘 하루도 아무 변고 없이 무사히 잠들 수 있다는 게 감사해서 저절로 기도하는 마음이 되곤 합니다.

자, 하루를 마감하는 내 행복의 하이라이트는, 작은 돌덩이랍니다. 미리 충전해두면 점점 따끈해져서 아침까지 열이 나는 돌이에요. 물주머니처럼 이불 속에 넣어두면 자는 내내 따스하지요. 이건 비밀인데, 남편보다도 훨씬 낫답니다. 후배도 얼른 하나 구입하세요. 하핫!

비싼 차나 빌딩도 아니고 남들이 보기엔 너무나 시시해 보일 수 있지만 어쩝니까, 나란 인간은 그렇게 소박한 데서 행복을 느끼는데. 일상에다 그런 순간을 많이 심어놓는 게 행복해지는 비결입니다. 비록 하루 종일 개똥을 밟은 것처럼 지치고 힘들었더라도, 내일이면 다시 그 순간을 맞이할 수 있다는 희망으로 몸과 마음을 리셋할 수 있으니까요. 마치 영화 〈바람과 함께 사라지다〉(1939)의 엔딩을 장식한 스칼렛 오하라처럼 주먹을 꼭 쥐고 대사를 읊조리는 겁니다.

"After all, tommorrow is another day!(내일은 내일의 태양이 뜰 거야!)"

aging
나이 듦

김은령

세상에서 제일 쉬운 것이 나이 먹는 일 같아요. 그냥 가만히 있으면 한 살 더해지니까. 그런데 나이를 잘 들어가려면 노력이 필요한 것 같습니다.

오래 전 미국 지미 카터 대통령의《나이 드는 것의 미덕》(이끌리오, 1999)을 번역할 때에는 '나이 들면 이런 생각을 하게 되는 건가' 신기했는데 제가 그때보다 나이 들고 나니 카터 대통령이 무슨 이야기를 하고 싶었는지 조금은 이해가 되었어요. 온 세계의 급하고 중요한 문제를 다루며 정신없이 최전선에서 열심히 일하고 있었는데 어느 순간 뒤로 한참 물러서서 일요일 오전 식당에서 노인 할인 혜택을 받게 되었을 때의 당황스러움을 고백한 부분이 새삼 떠오르더라고요.

책에 나온 이야기 중 "후회가 꿈을 대신하는 순간, 우리는 늙기 시작한다"는 말이 가장 기억에 남아 있는데 저는 요즘 미래에 대한 꿈을 꾸기보다 지난 시간에 대해 후회를 훨씬 많이 하고 있으니 이미 다 늙어버린 건가 슬퍼지기도 합니다.

선배는 어떤 모습으로 어떻게 나이 들어가기를 바라나요? 잘 나이 들기 위해 따로 준비하는 것이 있나요?

마녀체력

" 언제라도 갈 수 있다는 태도를 가지는 거죠. "

"낼모레면 환갑이에요."

이렇게 얘기해놓고, 나도 모르게 깜짝 놀라곤 합니다. 어머머, 어느새 이렇게 나이를 먹은 거야. 평소엔 별로 의식하지 않는 편인데 생물학적 나이테가 60년 근처까지 왔다고 생각하는 순간 만감이 교차합니다. 이만큼이나 별일 없이 잘 살아왔구나 안도함과 동시에, 이렇게 살다가 사라지는 게 인생이구나 허무하달까요. 엄청 짧은 것 같으면서 무지하게 긴 시간을 살아온 느낌입니다.

나는 매사 슬렁슬렁 사는 편이라서 그다지 아쉬운 게 없지만, 정말이지 1분 1초 이를 악물고 살아온 사람들은 자기가 이룬 성취를 쉽사리 놓고 싶지 않겠다는 생각이 듭니다. 하지만 유한한 생명을 지닌 인간인데 어쩌겠어요. 불사신처럼 살 것 같은 어리석은 착각에서 벗어나, 언제라도 갈 수 있다는 태도로 좋은 마무리를 향해 나아가기. 그것이 잘 나이 드는 비결이 아닐까요?

성심껏 들어주고
토닥여주는 어른이 되고자

50을 넘기고 나서부터 의식적으로 말이든 글이든 '늙는다'는 표현을 안 쓰려고 노력합니다. 나이를 먹는 건 인간이라면 누구에게나 찾아오는 자연스러운 과정이잖아요. 억울하다 여기고 발악하면 할수록, 점점 더 눈 뜨고 봐줄 수 없는 '늙음의 구렁텅이'에 빠져드는지도 모릅니다. 순리로 인정하고 받아들여야지요.

'나이 듦'은 나한테도 잘 헤쳐나가야 할 커다란 미션입니다. 생각 없이 그저 한 살 한 살 먹기는 쉬운데 어떻게 하면 잘 여물어 갈 수 있을까요. 젊을 때와는 확실히 달라져야 할, 나이 든 사람이 가져야 할 미덕은 뭘까요.

주변 노인들을 가만히 지켜보니, 나이 들수록 점점 외로움이 커지나 봐요. 안 그러던 분들이 부쩍 말씀이 많아졌습니다. 특히나 독거노인인 두 어머니는 자식들만 가면 계속 옆에 붙어 앉아서 지나간 일들을 몇 번이나 반복해서 얘기하시더군요. 마치 처음 듣는 것처럼 응수하며 가만히 들어드리면서, 자식 된 도리를 하다 옵니다. 그만큼 외로우셨구나. 대화가 고프셨구나. 아마 나 역시 그렇게 될 가능성이 높다고 생각하면 벌써부터 슬퍼집니다.

사람은 말로써 지식과 경험을 과시하고, 그렇게 존재감을 드러내려고 합니다. 존재감이 줄어든다고 느껴질수록 말은 많아지고 듣는 시간이 줄어드는 건 인지상정이지요. 실천하기 굉장히 어려운 일이겠지만 나는 그 반대를 향해 나이 들고 싶어요. 가급적이면 경청하는 태도를 가지려고 노력합니다. 영혼 없이 고개만

끄덕이는 것이 아니라, 시시때때로 말하는 이의 눈을 바라보며 성심껏 들어주고 토닥이는 어른이 되고 싶습니다.

그러려면 쓸데없는 말을 줄여야 합니다. 나이 들수록 옹졸해져서 맘에 안 드는 것이 많아지고 그러다 보면 남의 흉을 보거나 지적질을 하거나 몽니를 부리곤 하지요. 밖으로 내뱉어서 아무에게도 도움이 되지 않을 말은 차라리 안 하는 것이 낫습니다. 아무 말이나 지껄이고, 남의 말은 제대로 듣지 않는 막무가내인 노인이 되지 않도록 애쓸 거예요.

사람이 나이가 들면 젊을 때보다 더 인색해질까요, 너그러워질까요? 어느 쪽으로 나아가느냐에 따라 그 사람에 대한 최종 평가가 결정되는 것 같습니다. 저승에 지고 가지도 못하는데 더 그악스럽게 가진 걸 움켜쥐는 사람들이 있지요. 반면 새벽부터 지문이 없어지도록 김밥을 말아 저축한 전 재산을 아낌없이 내놓는 분들도 계시고요. 전자는 평생 떵떵거리는 재벌로 살았어도, 욕심 사나운 돼지처럼 기억되겠지요. 후자는 가난하고 별 볼 일 없는 생이었지만, 사회에 보탬이 된 의인으로 이름을 남길 거고요.

자식에게 대단한 걸 물려주거나 사회에 환원할 만큼의 재산은 없지만, 남에게 인색하지 않은 어른이 되고 싶습니다. 인색하지 않다는 건 단순히 경제적인 베풂만을 의미하는 건 아니에요. 내가 잘나서가 아니라 타인의 도움과 노력 덕분이라고 여기기, 말과 행동으로 그에 대해 감사를 보내는 것도 포함됩니다. 기본적으로 예의 바르고 겸손해야 하며, 미안하고 고맙다는 표현을 실생활에서 자연스럽게 할 수 있어야겠지요. 쿨하게 베풀면서도 깍듯하게 예의를 갖추는 노인! 설마, 동화 속에서만 존재하는 건 아니겠죠?

'나이들수록 더 멋있어진다'는 말

내 나이쯤 되면 이제 어디를 가나 '어르신' 대접을 받습니다. 마음은 여전히 청춘이건만 젊은 친구들이 나를 그렇게 쳐다봐 주지 않아요. 같은 나이대의 친구들과 끼리끼리 만나고 교류하는 게 더 편안하기도 합니다. 하지만 늘 비슷한 부류와 어울리다 보면 생산적인 균열이 없고, 창조적인 스파크도 일어나지 않습니다. 나는 언제든 마음의 문을 열고, 어느 자리든 기꺼이 참여해서 즐길 수 있는 어른으로 나이 들고 싶어요.

왜 정중하게 대접해주지 않느냐 따지는 경직된 자세가 아니라, "어머, 나를 이렇게 좋은 자리에 불러주다니 고마워라~" 같은 마음으로 누구에게나 편안하고 재밌는 상대가 된다면 얼마나 좋을까요? 아흔 살 할머니 모드가 스무 살 청년인 해롤드에게 거리낌 없이 다가가 커다란 위로가 되었던 것처럼요.

지하철에 앉아 맞은 편 자리나 오가는 사람들을 바라보자면, 언제부터인가 많은 것이 들여다보이기 시작했습니다. 특히 나이 든 사람일수록 습관이 되어버린 얼굴 표정이나 태도만 봐도 어떤 삶을 살아왔는지 대충 드러납니다.

이미 생겨버린 심술보와 주름살은 어쩔 수 없다지만, 아직 늦지 않았어요. 매사 긍정적으로 생각하고, 잘 웃고, 깔끔하고 유쾌한 인상을 주는 얼굴로 바꿔나가려고 애쓸 겁니다. "나이 들수록 더 멋있어진다"는 소리를 듣는 것이 나의 목표랍니다. 내 장례식장을 찾은 후배들이 "인생 선배로 삼을 만했어"라고 말해준다면, 하늘에서 내려다보며 환하게 웃겠습니다.

myself
나를 들여다보기

김은령

저는 바깥 세상을 통해 활력을 얻는 스타일이었어요. 새로운 것을 구경하고 새로운 사람을 만나고 모르는 곳으로 여행을 하고, 세상에서 어떤 일이 일어나고 있는지에 늘 관심을 갖고 있었던 것 같은데 지금 생각해보니 그게 중요한 것이 아니더라고요. 아무리 그래봤자 저는 그 세상을 바라보고 관찰하는 구경꾼에 지나지 않았던 거죠. 바쁘게 돌아다니느라 나 자신을 제대로 들여다보지는 못했던 것 같아요. 하긴 젊을 때에는 에너지가 밖으로 분산되지, 안으로 응축되지는 않는 거겠죠.

세상은 알아서 잘 돌아가는 거였고, 이제 관심을 안으로 돌려야 할 때가 되었네요. 조금 더 나은 내가 되고 싶어서 이런저런 고민을 하는데 여전히 세상에서 제일 모를 사람이 나 자신인 것 같아요. 다른 사람과 세상일에 관해서는 궁금해하고 알아내려고 노력했는데 나 자신에 대해서는 깊게 생각해보거나 궁금해한 적이 별로 없었던 것 같아서 앞으로는 조금 바꿔보고 싶어요.

선배는 선배 자신을 얼마나 잘 알고 있나요? 선배가 자신이

나 다른 사람에게 있어 가장 중요하게 여기는 가치나 덕목이 있을까요? 스스로에게서 발견한 가장 보기 싫은 모습이 있나요? 여전히 남아 있는 야망 같은 것이 있을까요?

마녀체력

" 책을 쓰면서 나를 제대로 알게 되었어요. "

후배는 어때요? 《밥보다 책》(책밥상, 2019)을 쓰면서 자신에 대해 어느 정도 알게 되지 않았나요? 나는 그랬어요. 평소 일기나 서평처럼, 내 삶이나 마음을 들여다보는 글을 잘 쓰지 않았답니다. 기껏해야 블로그 같은 데다 짤막한 심경을 적곤 했을 뿐이죠. 글을 쓰는 게 귀찮기도 했고, 굳이 쓰지 않아도 잘 안다고 여겼던 것 같습니다. 그러다 《마녀체력》과 《마녀엄마》(남해의봄날, 2020)를 쓰는 동안 무심코 흘려보냈던 과거를 되살려내 본 거예요. 비로소 내가 어떤 경험을 잊지 않고 살아가는 사람인지, 뭘 중요하게 여기는지 제대로 알게 되었답니다.

책을 쓴다는 것, 그것도 자기 얘기를 쓴다는 것은 무슨 의미일까요? 무수한 기억의 서랍 속에서 삶의 정수를 끄집어내고, 단정하고 정제된 언어로 정리해나가는 과정이잖아요. 그 결과물은 독자뿐만 아니라, 누구보다 나 스스로에게 커다란 '힐링'이 되었습니다. 그런 면에서 책으로 만들어져 세상에 발표되든 말든, 책을 쓴다는 건 누구나 죽기 전에 해볼 만한 일이라는 생각이 들어요.

편집자는
내 인생 '신의 한 수'

우선 내가 '나 자신을 퍽 사랑하는 사람'이라는 사실을 알았습니다. 깊은 절망과 슬픔의 늪 속에 빠져 있더라도, '이젠 끝이야' 하고 그냥 손을 내려놓는 타입은 아니었어요. 끝까지 뭐든, 설사 지푸라기라도 잡으려고 발버둥치는 사람? 그런 애착 덕분에 고도 고혈압 판정을 받고도 내 몸을 저버리지 않았습니다. 저질 체력으로 살아도 상관없다고 나를 방치하지 않았던 원동력이 된 셈이지요. 어느 선까지는 물러설 수 있고 양보나 포기할 때가 있지만, 그 선을 넘어서는 건 허용하지 않겠다는 자존감이랄까요.

때로는 자식이나 남편, 그리고 두 어머니보다 나를 위하는 맘이 앞설 때도 있어요. 남이 들으면 이기적이라고 말하겠지만, 나는 그렇게 생각하지 않습니다. 내가 먼저 무너져버리면 나 외에 어느 누구도 도울 수가 없기 때문이지요. 만약 '심청'의 처지가 된다면, 아버지를 위해 인당수에 빠져 죽기보다는 억척같이 노동을 해서 먹여 살리는 쪽을 모색할 겁니다.

책을 만드는 편집자가 된 것이 내 인생의 가장 소중한 '신의 한 수'였어요. 물론 돈을 벌고 생계를 이어 나가는 수단으로 선택한 직업이지만 정서와 인성에 좋은 쪽으로 커다란 영향을 미쳤습니다. 생각해봐요, 책을 써낼 정도로 특정한 양식과 지혜를 가진 저자들을 주로 만나고, 그들이 써낸 원고를 여러 번 읽는 직업이라니! 그런 점에선 후배 또한 나랑 비슷하겠지요. 아무 사람이나 잡지에 소개되는 것은 아닐 테니까.

편집자로 살면서 내 삶을, 내 생각과 행동을 조금씩 정제시켜 나간 것 같아요. 이런 게 좋은 삶이구나, 이런 짓은 부끄러운 거구나 깨달았습니다. 저자의 말에 감화를 받아 금세 따라 하기도 하고, 책을 읽으면서 내 맘속의 모나고 못난 구석들을 갈아나갔지요. 수많은 소설을 읽으면서 내가 미처 경험하지 못한 세상과 인간의 마음에 공감하는 능력을 키울 수 있었어요. 여전히 부족한 사람으로 살고 있지만, 그나마 이 정도 수준까지 된 것은 대부분 책의 힘입니다.

안테나를
바짝 세우며

타인을 돕지는 못할망정 물질로든 정신으로든 폐를 끼치거나 죄송할 일은 하지 말아야지요. 사회적인 약자가 권력자로부터 당하는 수모를 모른 척하는 사람이 되고 싶지 않아요. 강한 사람에게 비굴하고, 약한 사람한테 거만하게 구는 태도를 혐오합니다. 존경스러운 사람으로 이름을 남기지는 못해도 추하지 않고 시시하지 않은 삶으로 수명을 다하고 싶습니다.(제발!)

그럼에도 문득 나약하며 경박한 존재임을 절실히 느낄 때가 종종 있습니다. 내 속에 있는 뭔가를 자꾸 꺼내 보이거나 증명하고 싶을 때, 성의가 부족해서 좋은 인연을 계속 유지해나가지 못할 때, 제 자신이 싫어집니다.

나도 모르게 이유 없이 동성보다 이성 쪽으로 더 마음이 기울어지지 않는지 조심합니다. 의심도 안 하고 기득권이나 기성세대의 선입견을 그대로 받아들이거나 전파하고 있지 않은지 날을 세우려고 노력합니다. 세상에 전혀 보탬이 되지 않는 일에 참여해 흰소리 떠벌리는 일이 생기면, 후배라도 주저 말고 내 입 좀 틀어막아 줘요.(제발!!)

야망이라…… 2022년을 시작하면서 나도 버킷리스트를 하나하나 적어가고 있답니다. 하핫! 일에서의 성공과 경제적인 성취 쪽은 하나도 없고, 어쩌면 하나같이 다 몸과 관련되거나 노는 일뿐이네요.

다만 한 가지는 분명합니다. 하고 싶은 일이 생기면, 나이 들었다고 물러서거나 거절하지 않고 해보렵니다. 지금까지 안 해봤어도 나의 성장을 위한 거라면 도전해보려고 합니다. 그것이 돈벌이로 이어진다면 완전 하늘에 대고 키스를 보내야죠. 세상에 대한 호기심을 잠재우지 않고, 안테나를 바짝 세운 사람으로 살고 싶습니다.

나이 듦은,

성숙해지는 것.

행복이란,

평범한 일상이

유지되는 것이다.

Life

운동 좋아하는
선배가 묻고

책 좋아하는
후배가 답하다

book
책과 책꽂이

마녀체력

여기서 어찌, 책 얘기를 안 하고 지나갈 수 있겠습니까. 우리는 대체 인생의 어느 시점부터 책을 읽는 사람으로 자리매김 한 걸까요? 내 즐거운 독서의 시작은, 초등학교 때 읽은 계림출판사의 노란색 세계명작문고 100권입니다. 특히 《15소년 표류기》와 《로빈슨 크루소》 같은 모험 소설, 그리고 코난 도일이나 애거사 크리스티가 쓴 추리 소설 등에 빠져들었죠.

후배에겐 책과 관련된 특별한 규칙 같은 게 있는지 궁금하네요. 나는 옛날 책조차 버리지 못하고 끙끙대는 사람이었는데, 지금은 약간 달라졌어요. 가급적 읽은 책들은 없애려고 노력합니다. 즉, 우리 집 책꽂이에는 대부분 아직 안 읽은 책들이 꽂혀 있다는 말이지요. 동네 도서관을 자주 이용하면서도 여전히 새 책을 사들이고 있으니, 죽을 때까지 다 읽고 처분할 수 있을까 자못 걱정이에요.

주기적으로 방마다 놓인 책꽂이를 확인하면서 우선 읽을 책들을 선별하곤 합니다. 한 권을 진득하게 읽기보다 여러 책을 돌려가면서 읽기를 좋아해요. 아주 지루하지 않는 한 끝까지 다 읽는 편입니다. 다 읽은 후엔, 독서 어플(ireaditnow)에다 간단히 제목과 날짜, 별 평점만 표시해놓고요. 번잡한 대중교통 안에서도 끄떡없이 책에 몰입하는 집중력을 자랑으로 여깁니다.

'이 작가의 책이라면 빼놓지 말고 읽어야지' 하는 작가군이 있나요? 나오자마자 사는 책들은 어떤 분야입니까? 삶에 영향을 끼친 책이 있어요? 후배의 책꽂이를 찬찬히 훑어보고 싶군요.

김은령

"책은 절대로
빌려주지 않아요."

계림문고와 계몽사 아동문학 전집, 딱다구리 그레이트북스, 클로버문고…… 저 역시 어린 시절은 온갖 책과 만화책으로 가득하네요. 어렸을 때 늘 책을 읽으며 공상 속에 빠져 있어서 부모님은 제가 세상을 피해 책 속으로 도망치는 현실 부적응자가 될까 봐 걱정을 많이 하셨다고 하네요. 웬걸요, 저는 잘 자라서 어렸을 때 잔뜩 읽은 책과 잡지를 밥벌이의 원천으로 삼아 월급을 받고 그 월급으로 다시 책과 잡지를 사는 당당한 어른이 되었습니다.

책은 일단
사고 보는 것

책과 관련한 저의 버릇이나 규칙은 단 하나, 마음에 드는 책은 일단 산다는 것이에요. 어른이 되어서 좋은 점은 내가 보고 싶은 책을 내 맘대로 골라 내 돈 내고 살 수 있다는 것이었죠. 끼리끼리 친구가 된다고, 제 주위의 친구나 선후배 중 많은 사람이 잡지나 책과 관련된 일을 하고 있어서 새로 나오는 책을 아낌없이들 보내줍니다.

하는 일이 기사를 기획하고 책 만드는 것이니 '자기계발'이라는 명목으로 매달 국내외 잡지를 가리지 않고 사들이는 것은 기본이지요. 편집장으로 일하는 동안 매달 마감하면서 기자들 원고를 기다리느라 늦게까지 사무실에 있을 때면 인터넷 서점 사이트에 들어가 살 책을 골라 보관함에 담아두곤 했어요.

한 달에 30권 정도 책을 사면서 "나중에 회사 그만두고 아무 할 일 없을 때, 집에서 놀면서 읽을 거니까 이 정도는 괜찮아……" 하고 합리화했는데, 지금까지 사들인 책으로 볼 때 퇴사하고 100살 넘게 살아도 다 못 읽을지도 모르겠어요.

어렸을 때부터 산 책을 거의 다 갖고 있는 편인데, 이렇게 쌓이는 책을 집과 사무실, 남편의 작업실과 친정집에 나눠서 보관하다 보니 어느 책이 어디 있는지 생각해내려면 한참이 걸릴 지경이지요.

책이 담고 있는 이야기와 정보, 인사이트를 중요하게 여기는 사람들은 전자책으로 보거나 도서관에서 빌려보아도 크게 문제가 없을 텐데 저는 순전히 물욕 때문에 책을 사는 것 같아요. 읽지 않아도 일단 사서 뿌듯한 마음을 느끼곤 "언젠가는 읽을 거야" 하고 다시 다른 책을 찾아나서는. 책이라는 물성이 좋고 책이 잔뜩 쌓여 있는 서가를 좋아하는 것이다 보니 실물을 소유해야 마음이 편해지는 느낌이에요. 책을 읽는다기보다 책을 갖는다는 것이 더 중요한 거죠.

그러다 보니 아무리 친한 사람이라도 책을 빌려달라고 하면 주저하게 돼요. 조금 과장하면 내 일부를 떼어 내주는 것 같은 느낌? 저는 빌려준 책을 돌려받을 때까지는 마음을 놓지 못하고 안절부절하는 집착 가득한 어린이였어요. 아끼던 책을 빌려주었는데 그 책들이 돌아오지 않는 일을 몇 번 경험하고 나서는 책을 빌려주지 않겠다고 결심했어요.

어른이 된 후에는 누군가 책을 빌려달라고 하면 차라리 그 책을 사주었고요. 친구들도 처음에는 "우리 사이 우정이 이깟 책보다 못하냐"고 환멸을 표현했는데 "우정은 우정이고 책은 책이란다" 하는 저를 보며 이제는 다들 포기하고, 소개받은 책을 알아서 사보더라고요.

여전히 책은 계속 쌓여갑니다. 지금도 저의 집에는 사들여놓고 서가에 채 정리하지 못한 책이 마룻바닥에, 소파 아래에, 식탁으로 사용하는 테이블 위에 잔뜩 놓여 있어요. 책이 많은 집이라면 멋진 인테리어 같은 것은 아예 꿈꿀 수도 없어요.

지난 번 선배가 집에 놀러 와서 해준, "있는 책을 치워야 새 책을 살 수 있다"라는 말에 귀가 솔깃해서 정리에 나섰는데, 결국 2

시간 동안 버리겠다고 골라낸 책이 달랑 3권이었어요. 책을 정리해서 버리다니, 레이 브래드버리의 책《화씨 451》(황금가지, 2009)에 나오는 방화수가 된 느낌이었다고 할까요?

하루키와 로스, 색스에 이르는 '세트'의 집착

소설과 논픽션, 시집과 트렌드에 관한 책, 패션과 미술에 관한 책, 생태·환경서와 추리 소설을 포함해 거의 모든 분야에서 이런저런 책을 사들였네요.

선배 질문을 받고 어떤 책을 갖고 있나, 어떤 책들이 특별한지 살펴보니 서가 제일 위 칸에서 제일 먼저 눈에 띄는 것이 책과 독서, 도서관에 관한 책이었어요. 다른 사람들이 무슨 책을 어떻게 읽었는지 늘 궁금해서 그런 것 같아요.《밥보다 책》을 쓰게 된 것도 다른 책들을 읽다가 나는 무슨 책을 읽었나 정리해보고 싶었기 때문이었어요. 제가 번역한 책들도 따로 서가에 자리를 만들어 두었는데, 볼 때마다 다시 번역한다면 더 낫게 할 수 있을 것 같은 마음에 잘 펴보게 되지는 않는 것 같습니다.

전작을 갖고 있는 작가를 살펴보니 무라카미 하루키와 필립 로스가 눈에 띄네요.

가장 좋아하는 작가로 꼽을 수 있는 것도 아니고 그가 가장 훌륭한 작가라고 생각하는 것도 아닌데 이상하게 하루키의 책은 다 사게 되었어요. 대학생 때《노르웨이의 숲》(민음사, 2013)을 읽고 그의 다른 소설을 찾아 읽게 되었는데 재미없었던 작품도 있고 무슨 이야기인지 모르겠는 소설도 있었지만, 이상하게 '의리' 때문에 일단은 계속 샀던 것 같아요. 음악과 달리기, 여행을 좋아한다는 점 때문에 그의 에세이, 대담집 등도 빼놓지 않고 샀지요. 물론 지금 《노르웨이의 숲》을 다시 읽어 보면……. 그때 왜 좋아했던 걸까 싶기도 해요.(말은 이렇게 하지만 다음에는 어떤 책을 쓸까 늘 궁금해하고 있어요. 그러니 하루키 씨 파이팅!)

필립 로스는 말하자면 저와 가장 멀리, 대척점에 있는 사람이지요. 백인, 남성, 유대계, 전업 작가. 그가 쓴 소설에는 자신과 비슷한 인물들이 자주 등장하는데, 완벽하게 공감하기 어렵기 때문에 오히려 객관적으로 정신 차리고 읽게 되기도 합니다. 필립 로스 역시 처음에는 《굿바이 콜럼버스》(문학동네, 2014), 《포트노이의 불평》(문학동네, 2014) 등의 책으로 시작했는데, 몇 권 읽다 보니 이상하게 나머지 책도 읽어야 할 것 같은 막연한 의무감이……. 그분이 쓴 책을 다 읽고 싶다기보다는 책들을 다 모아서 서가를 꾸며야 할 것 같은 쓸데없는 열망에 빠져서 그랬던 것 같아요.

과학자의 눈과 시인의 심장을 갖고 있는 올리버 색스, 평생 끝내주는 SF 소설과 근사한 에세이를 쓴 어슐러 르 귄, 통역가이자 번역가라 더 관심을 갖게 되었던 요네하라 마리의 책도 마찬가지였어요. 그러니 책을 살 때면 조심해야 합니다. 서너 권 정도 사게 되면 그 작가의 다른 작품, 아니면 비슷한 주제의 다른 작가의 책으로 순식간에 열 권, 스무 권으로 늘어나며 '풀 세트'를 완성하겠다는 쓸데없는 집념을 발휘하게 될 테니까요.

나만의 비밀,
요리책과 국어사전

제 서가에 조금 재미있는 부분은 요리책이랍니다. 먹고 마시는 것에 관심도 애정도 많기 때문이긴 해요. 한동안 출간되는 요리책은 모두 사들일 정도였어요. 음식을 만들 때 펴놓고 따라하기도 하지만 마음이 복잡하거나 심란할 때 그냥 책장을 넘기며 음식을 만드는 상상을 하곤 해요. 일종의 이미지 트레이닝 혹은 시뮬레이션이라고 할까요?

레시피 자체야 인터넷 검색을 하면 수백 가지가 나올 텐데 책만이 주는 매력이 있어요. 멋진 사진, 아름다운 디자인과 제본, 장정에 간단하지만 기능적이고 때로는 감각을 자극하는 설명들. 레시피를 따라가며 머릿속에서 음식을 만들어보다가 중요한 과정의 설명이 빠졌거나 조리 순서를 건너뛴다거나 할 때면 "설명이 틀렸잖아! 이렇게 해서는 이 음식을 만들 수 없어!"라며 분개하곤 합니다.

가정식, 김치, 샐러드, 파티 음식, 중식과 일식, 베이킹, 디저트…… 종류별로 몇 권씩이나 있다 보니 아예 요리책 전용 서가를 부엌 가까운 곳에 따로 만들어 놓았어요. 해외 요리책도 수집 대상이에요. 이국적인 요리법을 읽고 사진을 구경하는 것만으로 멀리 여행을 다녀온 기분을 느낄 수 있어요.

요리책뿐 아니라 식문화 관련한 책도 많이 사놓았네요. 눈으로 보고 머리 속에서 따라 하는 것이다 보니 여전히 음식 솜씨는 별로이고 책에 등장하는 요리를 다 익힌 것도 아니지만 기분 좋게 시간을 보낼 수 있는 저만의 비밀이에요.

이렇게 수없이 사들였고 읽었던 책 중 저에게 가장 큰 영향을 준 것은 무엇이었을까 생각해보는데…… 떠오르는 책이 없네요. 읽을 때에는 열심이었던 것 같은데 막상 다 읽고 나면 아무 생각도 안 떠오르는 일도 많고요. 내가 책을 너무 대충 읽었나 새삼 반성하게 되어 노트를 펴고 앉아서 생각나는 좋은 책들의 제목을 적어갔어요. 그런데 또 이 책은 이런 이유로 좋고 저 책은 저런 이유로 좋아서 '인생책' 한 권을 고를 수가 없는 거에요.

"무인도 가야 할 때 책 한 권만 가져가라면 어떤 책을 가져갈까?"

스스로 이렇게 질문을 바꿔 물어보았는데, 현실적인 생각만 떠오르더라고요. 한 권 가져갔는데 금방 읽어버리고 다시 읽기 지겨워지면 안 되니까 조금씩 오래 아무 생각 없이 읽을 수 있는, 커다란 국어사전을 가져가는 게 낫겠다, 뭐 이런 생각이오!

travel

여행의 기술

마녀체력

얼마 전 친구 부부네 집들이를 갔더니, 음식을 차리는 동안 기다리면서 보라며 사진첩을 몇 권 내놓더군요. 지난 3년간 우리가 함께 여행했던 일본 규슈, 스위스 몽블랑, 노르웨이 트래킹 사진을 인쇄해서 보기 좋게 책처럼 묶어놨지 뭡니까. 고작 몇 년 전인데, 엉겨 붙어 어깨동무하고 마스크 없이 신나게 웃어 젖히는 사진 속 얼굴들이 얼마나 행복해 보이던지! 이 시절로 다시 돌아갈 수 있을까, 흥쾌했던 분위기가 순식간에 암울해졌습니다.

"우리, 내년에는 어디로 여행 갈까?" 그 한마디에 쭈그러졌던 희망이 기지개를 켰어요. 배부르게 음식을 먹고 나서 친구들과 잔뜩 새로운 계획을 짰습니다. "필리핀에 가서 스킨스쿠버 자격증을 따자." "반 정도 남겨 놓은 몽블랑을 마저 걷는 건 어때?" "더 나이 들기 전에 멀리 마추픽추를 가봅시다." 등등.

그저 생각나는 대로 아무 말이나 던졌을 뿐인데, 마치 내일모레 떠나는 사람들처럼 들뜨더군요. 머릿속 상상과 계획만으로도 가슴을 두근거리게 만드는 것. 그것이 바로 여행이 가진 힘 아닐까요?

여행이든 출장이든 후배는 수많은 멋진 곳을 가봤을 텐데, 그래도 기억에 남는 여행지에 대해 얘기해줘요. 앞으로 어떤 여행을 하고 싶나요?

김은령

" 그곳에서 겪은 특별한 추억이 여행지를 기억하게 해요. "

여행이란 다 좋지요! 시간과 돈이 있다면 제 투자 1위는 당연히 여행이었고 앞으로도 그럴 것 같아요.

결혼 전에는 혼자 여행을 많이 다녔어요. 취재 때문에 일정이 자주 바뀌고, 마감 때에는 꼼짝 못 하다 보니 친구들과 일정을 맞추기가 어려워서 시간 나면 그냥 제일 싼 비행기표를 구해서 떠났죠. 혼자 낯선 나라, 낯선 도시에 가다 보니 안전이나 건강에 신경을 많이 쓰고 여행자 보험도 꼭 들었답니다.

혼자 밥 먹는 일 정도는 아무 문제 없었는데, 혼자 주문해서 먹을 수 있는 것에 한계가 있다는 게 너무 슬펐어요. 이것도 먹고 싶고 저것도 먹어보고 싶은데 혼자이다 보니 메뉴 중 한두 개 밖에 못 시키는 억울함이랄까요.

교토 여행 때 좋은 가이세키 집에 가고 싶은데 한 사람인데다 일본어가 익숙하지 않은 외국 여행객이라고 예약도 잘 안 받아주더라고요. 너무 서운해서 지나가는 길에 찾아가 손짓 발짓 동원해 그럼 내가 2인분 시키면 되냐, 계속 물어보니까 마침 주인이 나왔다가 예약을 도와준 적이 있어요.

고깃집에 가서 당연히 혼자 고기를 구워 먹을 수 있고, 파인다이닝도 혼자 예약해서 다니는 것도 처음 한 번만 좀 어색하지 그 다음부터는 아무렇지 않게 즐길 수 있지요.(왜 자꾸 먹는 이야기만 하게 되는 걸까요.) 몸이 가볍고 결정도 빠르고 책임도 내가 다 지면 되니까 혼자 여행하면 더 빨리, 멀리까지 갈 수 있는 것 같아요.

혼자, 또는 함께, 출장까지도

물론 친구들과 일정을 맞춰 갈 때에는 그 나름대로의 시끌벅적함이 여행을 즐겁게 만들어 주었어요. 개성도 스타일도 다른 친구들, 선후배들과 함께 여행을 갈 때에는 같이 하는 일정 외에 따로 시간을 보내다가 약속 장소에서 만나 함께 무언가를 하는 유연함을 발휘합니다. 아무리 친한 사이라고 해도 하고 싶은 것, 우선순위가 다 다르기 때문에 모두가 만족하는 일정을 짠다는 것은 불가능하거든요. 이렇게 하면 서운함도 아쉬움도 적은 어른의 여행을 할 수 있어요.

혼자 가는 여행이거나 친구와 함께 가는 여행이거나, 문화와 언어가 다른 낯선 곳에서 먹고 자고 돌아다니며 사소한 문제를 해결하고 원하는 것을 찾아서 하는 그 며칠간의 경험은 마치 게임 속으로 들어가 퀘스트를 하는 것 같지요. 처음 가는 도시면 중요한 관광 명소들을 열심히 둘러보느라 정신없고 두 번째 갈 때에는 과제 수행은 이전 방문에 끝냈으니 마음 편하게 카페나 공원에 멍하니 앉아 있는 일정이 많아지지요. 이때가 진짜 여행인 것 같아요.

일 때문에 다닌 출장에서는 아무래도 긴장하고 있어야 하고 정해진 일정이 빡빡해서 무얼 많이 구경하고 즐기기가 힘들긴 했어요. 관광지를 소개하는 여행 기사 취재라면 모르겠지만, 제 경우 대부분의 출장은 취재나 인터뷰, 행사 참석 때문에 가는 것이다 보니 유럽이나 미국은 3박 5일 정도, 일정이 급하거나 일이 많을 때에는 2박 4일로도 다녀오곤 했어요.

사적인 여행으로는 갈 수 없는 곳을 취재 덕분에 가볼 수 있다는 건 특별한 경험이긴 해요. 늘 관광객들로 북적이는 바티칸미술관을 저녁 시간에 독점해 구경하던 순간, 캘리포니아 와이너리 취재를 가서 시음하느라 일주일 내내 아침 9시부터 밤 12시까지 와인을 마시고 또 마신 일, 두바이 사막 한 가운데서 벌어진 행사를 취재하며 세상에서 가장 아름다운 밤하늘을 보았던 일, 2박 3일 동안 숨도 못 쉬고 촬영을 몰아서 한 후 방콕 길거리에서 스태프들과 수박 주스 마시던 순간.

하지만 역시 '내돈내산', 내가 산 비행기표를 들고 떠날 때가 제일 마음 편합니다.

저녁 미술관과
폭설의 로마

여행은 현지에서 보내는 그 당시도 좋지만 돌아와서 그때의 특별한 일들을 떠올리는 즐거움이 더 큰 것 같아요. 힘들 때는 위로가 되어주고 좋을 때는 그 행복감을 더 고양시켜주는 역할을 한다고 할까요?

여행 중 기억에 남는 장면이 있어요. 직장 초년생 시절, 유학을 준비하느라 휴가 내고 미국 뉴욕에 간 적이 있어요. 주머니에 돈은 별로 없고, 마음 급하게 학교를 알아보고 입학 관련해서 문의하느라 정신이 없었지요. 미술관에 가고 싶은데 돈이 별로 없어서 무료 개장하는 날을 골라 좋아하는 그림들을 보면서 '나중에 돈 많이 벌어서 펑펑 쓰며 구경 다녀야지' 하던 기억.

현대미술관에 걸린 고흐의 '별이 빛나는 밤' 앞에 지쳐서 서 있는데 옆에 서 있던 다른 관람객이 오래된 팝송인 '빈센트'를 흥얼거려서 저도 따라 불렀지요.

돌아오자마자 IMF가 터지는 바람에 결국 유학은 못 가게 되어서 슬픈 여행이 되고 말았어요. 하고 싶은 건 많은데 되는 건 별로 없었고 미래가 불안하기만 했던 20대 중반, 우울한데 또 위로가 되기도 했던 저녁 미술관의 그때 장면은 사진처럼 늘 기억에 남아 있어요. 용기도 없고 우유부단했던 그때의 나에게 '지금 이런 고민도 다 지나간다'고 이야기해주고 싶어지네요.

또 다른 장면은 산속에 자리한 외딴 숙소를 찾아가던 아일랜드 골웨이의 시골길이에요. 비가 억수같이 쏟아지는데 차를 몰고 가는 2시간 내내 사람의 흔적이라고는 하나도 보이지 않고 좁은 길 옆에 난 수로로 물이 콸콸 쏟아져 흐르고. 생명이 있는 것이라고는 가끔 마주치는 양 떼가 전부였어요. 그나마 양치기는 보이지도 않고.

만일 여기서 잘못 돼서 나 같은 사람 하나쯤 사라진다 해도 세상은 절대 모를 거라는 사실을 온몸으로 경험하고 나서, 그 이후의 나는 이전과 조금은 다른 사람이 되었습니다. 하찮고 시시한 존재이니 사는 동안은 내 마음대로 대충 살아도 크게 문제없다는 생각을 하게 된 것이지요.

물론 늘 행복하고 아름다운 장면만 있는 것은 아니에요. 로마에 도착해 기차역에 내려 호텔로 가느라 택시와 흥정이 붙었어요. 목적지를 이야기하고 있는데 운전수가 짐을 마구 가져다 차에 실으려는 거예요. 이상해서 차 안을 보니 운전수 옆 좌석에 어떤 남자가 같이 타 있더라고요. 이 차 안타겠다고 짐을 다시 끌어내렸더니 욕을 하다 그냥 떠나는데, 차 위에 올려놓은 택시 표식을 떼서 차에 싣고 가는 거예요. 자칫하면 사고를 당했을 수도 있는 상황이었던 거죠. 황당해서 그냥 웃고 말았어요.

여행지에 도착하자마자 당한 일이라 기분이 좋지 않았는데 20년 만에 내린 폭설에 동네 아이들과 강아지들이 모두 다 길에 나와 눈을 구경하고 뛰어다니는 풍경 덕에 로마 역시 다시 가고 싶은 도시로 남게 되었어요.

같이 함께 잘 먹으며
더 멀리, 더 많이

"일상이 지루한 산문이라면 여행은 짧은 시"라고 누군가 말했다죠. 정확하고 짜임새 있고 논리적인 일상의 순간과 다르게, 여유 있고 복합적인 의미를 지니고 해석에 따라 달라지는 여행의 순간들. 여행이 지닌 원래의 의미를 살리기 위해 여행지에서는 최대한 게으른 일상을 보냅니다.

최고의 여행 파트너는 남편. 일어나고 싶을 때 일어나 카페에서 차 한 잔에 빵 한 조각을 먹으며 무얼 할지 상의하고 대충 1시간 이내의 거리는 버스나 택시 대신 걸어서 미술관이나 서점, 학교 등을 찾아가 구경하고 각자 좋아하는 그릇 가게(나)와 목공 도구점(남편) 등은 따로 돌아본 후 시간을 정해 만나지요.

여행을 가면 일정과 비용, 중요도에서 가장 큰 비중을 차지하는 것은 먹고 마시는 일입니다. 그럴 수밖에 없는 것이 우리 집 가훈이 "같이, 잘 먹는 게 남는 거다"이거든요. 늦게 결혼한 우리 두 사람의 인생 목표는 매우 단순해서 함께 밥 먹는 횟수와 함께 지내는 시간을 늘리는 것이랍니다.

일상에서는 자기 일로 바쁘기 때문에 여행 가서는 24시간을 함께 지내며 삼시세끼는 물론 간식과 야식도 같이 먹지요. 그래서 여행지를 고를 때에도 음식과 술로 유명한 도시, 좋은 음식점과 술집, 바가 많은 도시를 먼저 살피게 됩니다.

비싸고 맛있는 레스토랑이야 세계 어느 도시를 가도 많겠지만, 가격 적당하고 맛있고 분위기 좋은 곳을 찾기는 쉽지 않습니다. 열심히 인터넷을 뒤지고 소셜미디어를 확인하지만 결국 가장 좋은 것은 호텔 콘시어지나 카페와 음식점 주인들의 추천입니다.

"추천해줄 만한 레스토랑이 어디인가?" 하고 물어본다면 관광객들이 자주 가는 곳을 알려줄 거예요. 그래서 "가족이나 친구 생일에 가는 레스토랑이 어디인가?" 물어봐서 그 동네 사람들이 자주 가는 나름의 명소를 확인합니다.

이렇게 가본 레스토랑과 바에 대해서는 둘이 공동으로 운영하는 블로그나 소셜미디어에 소개하고 다음번에 가보고 싶은 여행지를 생각해보는 것이 여행의 마지막 단계가 되는 것 같아요.

몇 년 전부터 인생의 유통기한을 생각해보기 시작했어요. 영원할 것 같은 젊은 시절도 눈 깜짝할 사이에 지나갔는데 남아 있는 날들은 얼마나 될까. 그러면서 여행의 의미에 대해서도 다시 한번 생각해보게 되었어요.

10시간 이상 비행기를 타고 가서 한 달 동안 2천 킬로미터 이상 차를 운전해 다니는 여행을 얼마나 할 수 있을까? 매년 여행을 갈 만큼 돈을 벌 수 있는 기간은 얼마나 남았을까? 맛있는 술과 음식을 실컷 먹고 소화할 수 있는 나이는 언제까지일까? 건강하고 경제적으로 그나마 조금 여유 있게 구경을 다닐 수 있는 것은 언제까지일까?

인생의 마지막 순간에 그 어느 누구도 "일을 더 열심히 할 걸" 하고 후회하지는 않는다죠. 더 멀리 더 많이 더 다양한 곳을 여행하지 못한 것은 분명 후회하게 될 것 같아요. 아름다운 풍광을 많이 보아두고 낯선 음식을 많이 맛보고 신기한 모험을 많이 해놓은 다음, 나이가 들어 멀리 여행하는 것이 힘들어질 때면 “그때 거기서 이랬지……”라며 끝나지 않는 이야기를 나누게 되겠지요.

weekend
당신의 주말

마녀체력

근무하던 회사가 신입사원을 뽑으면서 한번은 이런 슬로건을 내걸었어요.

"우리는 당신의 주말이 궁금합니다."

꽤 영리한 질문이라고 무릎을 쳤습니다. 일을 대하는 업무 능력은 함께 지내다 보면 금세 드러나요. 반면 어느 정도 사회화된 면만을 보여주기 때문에, 본 모습은 알기 어려운 측면이 있습니다. 오히려 일을 하지 않는 휴식 시간과 공간에서 무엇을 하는지 들어보면, 그 사람에 대한 많은 정보를 알게 됩니다. 잘 놀고 잘 쉬어야만 일을 더 잘할 수 있다는 공식에 나는 격하게 공감하는 쪽이지요.

한 7~8년 전부터 매주 토요일 아침이면 친구들과 모여 배드민턴을 치는 것이 우리 부부의 불문율입니다. 운동이 끝나면 또 다 같이 점심을 먹고 커피를 마시면서 두어 시간 굉장한 수다를 떨어요. 이 시간이 얼마나 기다려지는지, 혹시나 일이 생겨서 행사를 빼먹는 일이 없도록 단단히 스케줄 정리를 합니다.

일요일에는, 별일이 없는 한 가평에 있는 시댁에 갈 때가 많아요. 나이 드신 어머니가 혼자 살고 계시거든요. 우리는 시골 농꾼처럼 옷을 갈아입고 부지런히 일을 합니다. 잡초를 뽑고, 나무를 베고, 나뭇잎을 태우고, 야채를 따요. 하하, 어쩌면 고된 노동이기도 합니다만 자연에서 받아오는 정기가 만만치 않습니다.

후배는 일을 안 하는 주말엔 뭘 하면서 어떻게 시간을 보내나요? 빼놓지 않고 하는 취미나 특기 활동이 있습니까? 늦게 결혼한 편인데 배우자와는 휴식 시간을 함께 보내는 편인지요? 혼자 지낼 때와, 결혼하고 나서의 주말은 뭐가 달라졌습니까?

김은령

"토요일, 오전 10시에는 미술관에 있어요."

부끄럽게도 저의 주말은 그냥 퍼져 있는 것이 전부일 때가 많았어요. 기자와 편집장으로 일하는 동안은, 주중에 일이 많고 촬영이나 취재 스케줄 때문에 야근도 많다 보니 주말이 되면 기운이 빠져 저축하고 보험 드는 심정으로 아무것도 안 하고 늦잠을 잤답니다. 침대에서 잤다가 소파에서 잤다가……. 잠자는 걸 너무 좋아하고 잠도 많아서(안 그런 사람이 어디 있겠어요!) 하루 종일 자라고 해도 잘 수 있을 거예요.

잠을 자지 않는다고 해도 아무것도 안 하고 멍 때리며 종일 지낼 수도 있지요. 이렇게 주말을 보내고 나면 재충전이 되거나 피곤이 좀 풀려야 하는데 오히려 더 피곤한 느낌이 들었어요.

주말에 일찍 일어나
무조건 밖으로

주말에 늦게 일어나 멍하니 있다 보면 시간이 금세 다 가버리고 다시 월요일 출근을 앞둔 일요일 저녁이 되어버려서 허무할 때가 많았어요. 물론 늘 이렇게 주말을 보내는 것은 아니고 할 일이 있으면 좀 달라지긴 하지요. 책을 쓰거나 번역을 해야 할 때면 주중에는 시간을 낼 수 없으니 주말이나 명절, 휴가 때를 이용해서 작업을 하게 됩니다.

집에 있으면 일이 잘 안 돼, 오전 일찍 노트북을 챙겨 카페로 가서 번역을 하거나 책 원고를 써요. 점심을 먹고 다른 카페로 옮겨 다시 작업을 하다 저녁을 먹고 집으로 가는 주말. 매 주말을 이렇게 보내라고 하면 괴롭겠지만 가끔 이렇게 긴장 속에서 작업을 하면 머리의 안 쓰던 부분을 쓰는 것 같아 기분도 나아지고 새로운 카페와 레스토랑을 찾아다니는 재미도 있더라고요. 제가 쓴 책과 번역한 책 작업 대부분은 카페에서 이루어진, 카페인 자극의 결과물이랍니다.

여행을 좋아하지만 코로나 시간에는 현실적으로 어려웠지요.

영화나 연극을 보고 라이브 공연장에 가는 것도 힘들었고, 여러 사람이 모여 밥을 먹거나 술을 마시며 이야기를 나누는 것도 신경 쓰이는 일이 되었죠. 한마디로 낯설고 익숙하지 않은 곳에서 예상치 못한 경험을 하며 긴장도 하고 자극도 받으며 몸과 마음이 새로운 걸 경험할 과정들이 갑자기 멈춰버린 거죠.

이렇게 시간과 내 일상이 멈춰버린 상황에서 나이는 들어가는데 익숙한 것만 좋아하고 새로 등장하는 것은 무조건 거부하고 반대하는 것 아닐까, 이 와중에도 세상은 급하게 바뀌고 예전에 알던 지식은 더 이상 작동하지 않는 헌 것이 되어버리는데 고집을 부리며 아니라고 혼자만 우기고 있는 것은 아닐까, 그게 제일 무서웠어요.

그래서 새롭게 세상에 나오는 것들을 열심히 찾아보자 결심을 하게 되었어요. 이때 생긴 습관이 주말에 일찍 일어나 무조건 집을 나가는 것입니다. 집에는…… 이상한 분위기가 있어요. 그냥 아무 것도 하기 싫고 아이스크림처럼 녹아내리게 되는…….
학생 때에도 집에서는 절대 공부를 못 해서 독서실을 가거나 카페를 가야 공부가 되었던 저인지라 얼른 집에서 나가 밖을 돌아다녀야 무언가 할 수가 있더라고요.

서울 지도를 펴고,
안 가본 곳으로

요즘 서울은 하루가 다르게 변하며 새로운 에너지를 뿜어내고 있어요. 인구가 1천만 명이 사는 도시다 보니 과밀화, 땅값과 집값 상승 등 여러 가지 문제가 있긴 하지만 조금씩 바꾸고 정비해온 덕에 점점 더 좋아지는 부분도 분명히 많은 것 같아요. 예전 일본의 경기가 좋을 때 도쿄가 그랬던 것처럼, 통일 후 혼란을 정비하며 자유로운 젊은이들이 모여들었던 베를린이 그랬던 것처럼요.

새로운 건축물이 생기고 새로운 물건들이 선보이며 새로운 비즈니스가 탄생합니다. 좋은 전시가 이어지고 독특한 감각으로 무장한 카페와 숍들이 문을 열고 있어요. 일 때문에 평일에 어딘가를 둘러볼 때도 있지만 마음 편하게 시간도 여유 있게 쓰며 구경하려면 역시 주말이 좋더라고요.

이렇게 '토요일 10시의 미술관'을 시작하게 되었지요. 9시 30분이면 집을 나서서 주중에 메모해놓은 미술관이나 전시장에 도착하면 10시쯤, 천천히 구경을 한 후 또 미리 찾아놓은 음식점에 가서 점심을 먹고 새로 생긴 카페로 향해 차를 마시고 다시 구경거리를 찾아 나섭니다. 좋은 것을 많이 보고 성장한 젊은 세대가 만들어낸 결과물들을 확인하면서 서울은 지루할 틈이 없는 도시라고 느끼게 되지요.

제가 서울에서 가장 좋아하는 곳이 국립현대미술관 서울관인데 주위와 잘 어우러지는 건축물로나 기획하는 전시로나 멋진 곳이에요. 국립현대미술관 근처에는 크고 작은 갤러리들이 모여 있어늘 좋은 전시를 볼 수 있으니 자주 이 일대를 돌면서 구경을 합니다. 경복궁과 국립민속박물관, 서울공예박물관, 국립현대미술관 덕수궁관 등이 걸어서 구경할 수 있는 범위에 있는 문화 벨트지요.

가끔은 마포구에서 용산구로 이어지며 6킬로미터가 넘는 경의선 숲길을 따라 걷다가 밥을 먹고 차도 마셔요. 자고 나면 새로운 가게가 오픈하는 성수동 일대, 학생 시절 추억이 남아 있는 신촌 일대, 요즘 새롭게 뜨고 있는 삼각지와 신용산, 공장 지대의 거친 분위기가 강렬하고 꾸미지 않은 매력으로 되살아난 문래동…….

서울에서 태어나 쭉 학교를 다니고 회사를 다녔지만 여전히 가보지 않은 동네가 잔뜩 있어요. 그래서 요즘은 지도를 펴놓고 가보지 않은 지역, 잘 모르는 동네를 찾아가 산책 겸 구경하기도 해요. 늘 새로운 콘텐츠를 만드는 것이 직업이다 보니 주말에 이렇게 구경을 다니는 것은 가장 확실한 자기계발, 적극적인 업무 준비라고 할 수도 있겠죠.

'인사이트 트립'의 장점은

조금 더 서두르면 조금 더 멀리 나갈 수 있습니다. 음악 도서관, 미술 도서관 등 다양한 주제별 도서관들을 속속 오픈해서 그야말로 '도서관의 도시'가 된 의정부, 개항지로서의 역사를 간직하고 우리나라에서 두 번째로 큰 도시가 된 인천은 물론이고 주말 1박 2일이라면 일찍 KTX를 타고 전주나 군산, 부산 같은 곳까지도 다녀올 수 있었어요.

이렇게 서울 시내 혹은 지방 도시를 돌아다니는 주말 여행에

'인사이트 트립insight trip'이라고 이름을 붙였어요. 뭐 중요한 일을 하는 것처럼 들리지만 그냥 열심히 산책하다 밥 먹고 차 마시고 여기저기 기웃거리며 어디서 무슨 일이 일어나고 있나, 사람들이 무얼 좋아하는가 살피러 다니는 구경 겸 공부.

이런 주말 일정은 가능하면 걸어 다닙니다. 자동차를 타고 가면 그냥 휙 지나쳐 가버리게 되는 곳들, 차 세울 데 고민하다 귀찮아서 그냥 건너뛰는 곳들이 걷는 동안에는 하나씩 살피고 들어가 확인할 수 있으니까요. 그러다 보면 최소 1만 5천 보 정도는 걷게 되니 건강에도 도움이 되지 않을까 기대하고 있어요. 주중에 사무실에서 일할 때 2천 보도 걷지 않는 것에 비하면 대단한 차이지요.

평생 공부하라는 말을 자주 들었어요. 강의로 다른 사람의 이야기를 듣거나 책을 통해 새로운 지식을 익히는 것도 중요한데, 이렇게 보고 듣고 맛보고 걸으며 온몸으로 익힌 새로운 분위기, 새로운 유행은 생활에 커다란 자극이 되더라고요. 세상에 얼마나 감각 좋고 똑똑하고 성실하고 독특한 사람들이 많은지 확인하며 "우와, 나도 이대로 있으면 안 되겠어. 무어라도 새로운 걸 해봐야겠어" 하고 결심하며 두근거리는 마음으로 집으로 돌아오는 주말의 끝.

한두 번이면 잊히고 말겠지만 매 주말을 이렇게 좋은 자극을 받는다면 내 생활 어디에서인가 조금은 변화가 생기지 않을까요.

money

'돈'에 대한 가치관

마녀체력

남편이나 나나, 당신들 삶도 버거운 부모 밑에서 자라 물려받은 재산 한 푼 없습니다. 둘이 개미처럼 맞벌이해서 간신히 서울 한 구석에 아파트 한 채를 장만했네요. 그래도 이만하면 자수성가한 셈이라고, 우리 부부는 서로를 기특해합니다. 요즘 세대 같으면 어림도 없는 일이니까요.

큰돈을 지녀본 적이 없으니, 뉴스에서 '억억'거리는 소리를 들어도 전혀 실감을 하지 못합니다. 땀 흘려 벌지 않은 헛된 돈을 욕심 부리지 않는, 지나치게 소심하고 쫀쫀한 소시민이랄까요. 당연히 내 돈 내고 로또를 사본 적도 없습니다. 실은 1등에 당첨된다고 해도 무서울 판이에요. '그 돈으로 뭘 해야 할까?' 스트레스와 걱정이 생길 테니까요.

가끔 스스로에게 이런 질문도 해봅니다. '돈이 얼마나 있으면 좋을까?' 내가 결정한 대답은 이렇습니다. 아는 이들의 경조사에 '할까, 말까' 주저함 없이 돈을 턱 낼 수 있을 만큼이면 좋겠어요. 후배에게도 똑같이 묻고 싶습니다.

이왕 돈 이야기가 나왔으니, 즐거운 상상을 한번 해볼까요? 몰랐던 친척에게 거액의 유산을 상속받았다고 칩시다. 먹고 사는 걱정이 없다면, 꼭 해보고 싶은 프로젝트 같은 게 있을까요? 개인의 즐거움을 위해선 어디다 쓰고 싶나요? 공공의 이익이나 타인을 향한 금전적 할애가 필요하다고 생각합니까?

김은령

“ 폴 앨런을 꿈꿔요! ”

돈 많은 사람들을 보며 ‘왜 돈이 저렇게 많은데 제대로 못쓸까. 나에게 저만큼의 돈이 있다면 폼 나고 멋지게 쓸 텐데’ 하는 생각을 자주 했어요. 그래서 선배 질문을 받고 돈이 어마어마하게 많다면 어디에 어떻게 쓸지 행복한 상상을 해보았네요.

제일 먼저 떠오른 것은 서울 시내 한가운데 마당 딸린 집을 짓는 거예요. 좋은 건축가를 찾아 나의 라이프 스타일과 내가 꿈꾸는 공간에 대해 설명한 후 예산 때문에 덜덜 떠는 일 없이 폼 나게! 다치바나 다카시 선생의 고양이 빌딩처럼 갖고 있는 책을 한곳에 모아둘 수 있고 음악을 맘 놓고 크게 들을 수 있는 오디오 룸이 있고 친구들을 불러 같이 음식을 만들어 먹을 수 있는 넓은 부엌을 갖춘 집이라면 정말 좋겠네요.

저 같은 사람이 살아가면서 가장 큰 구매이자 투자가 바로 집일 텐데 이미 똑같은 형태로 만들어져 있는 좁은 아파트가 아니라 나의 생활에 맞게 집을 짓는다는 건 긴장되는 동시에 가슴 설레는 모험일 것 같아요.

부자 모델,
폴 앨런

여기서 한 발 더 나아가 상상의 폭을 훨씬 더 크게 해봤어요. 정말 돈이 주체할 수 없을 정도로 많다면 무슨 일을 해볼까? 개인적으로 하고 싶은 것을 다 해보고 사회적으로 의미 있는 유산을 남길 수 있다면 무얼 하고 싶을까? 이때 제일 먼저 떠오르는 저의 '부자' 모델은 마이크로소프트의 공동 창업자로 PC 혁명을 일으킨 폴 앨런Paul Allen이었어요. 제가 해보고 싶은 모든 것을 이룬 사람이거든요.

음악을 좋아하고 스포츠 팬이었으며 예술 후원자였고 너그러운 기부자였던 그는 10대에 자신이 가장 잘 할 수 있고 또 하고 싶은 일을 발견했고 20대에는 그 일로 엄청난 성공을 했으며 20대 후반에는 암에 걸린 후 8개월 만에 극복했고 30대에는 건강상 이유로 일을 그만두고 투자와 자선 활동을 이어가는 억만장자가 되었지요. 암 재발로 인해 이른 나이에 세상을 떠났지만 세상에 큰 의미를 남긴 사람이라 관심이 갔어요.

마이크로소프트와 아마존의 도시인 미국 시애틀로 여행을

가서 도시 곳곳에서 가장 자주 발견한 이름이 바로 '폴 앨런'이었어요. 16살이던 1969년, 시애틀에서 열린 지미 헨드릭스 콘서트를 보고 감동했던 그는 나중에 성공하자 엄청난 돈을 치르고 헨드릭스의 기타를 사들였고 다른 유명 아티스트의 기타도 줄줄이 수집했다고 해요. 이런 수집품들은 그가 기획해 만든 'EMP(Experience Music Project Museum, 음악 경험 박물관)'에 전시되었어요.

건축가 프랭크 게리가 앨런의 의뢰를 받아 만든 형형색색의 전자기타를 상징하는 멋진 건축물인데, 여기에 〈스타워즈〉 시리즈와 〈에일리언〉 시리즈 등 SF영화 관련 컬렉션 등을 더해 MoPOP(대중문화 박물관)으로 개명하고 시애틀의 명물이 되었지요. 이 도시 시민들은 물론 저처럼 멀리서 온 여행객의 마음을 설레게 만들어 주면서요.

음악광이었던 그는 요트를 사서 여기에 녹음 스튜디오를 만들기도 했고 밴드를 만들어 직접 연주를 즐기기도 했는데 무언가에 빠지면 끝을 보는 근성 넘치는 수집가이자 애호가라니 멋지지 않나요!

더 부러운 것은 '구단주'였다는 사실. 30대에 이미 NBA 포틀랜드 트레일블레이저스의 구단주가 되었네요. 폴 앨런이 40대였을 때 시애틀의 미식축구 팀인 시호크스가 연고지를 옮기려 하자 새로운 홈 구장을 짓는 조건으로 아예 팀을 사들여 팀이 고향에 남을 수 있도록 했다네요. 2014년 슈퍼볼에서 우승해 감격의 트로피를 들어올리며 구단주로 인생 최고의 즐거움을 맛보았지요.

축구 팀인 시애틀 사운더스의 구단주이기도 했고 미국을 벗어나 잉글랜드 프리미어 리그에도 관심을 가져 첼시 FC를 인수하려고 시도하기도 했습니다.

기부로 이룬 성공의 짜릿한 플렉스까지

개인적으로 좋아하는 것을 아낌없이 해보는 것에 머물지 않고 그는 50대에 자선활동 기부액 1조 원을 넘겼습니다. 시애틀미술관의 후원자였고 세계에서 가장 멋진 도서관 중 하나인 시애틀도서관 기부 명단에도 그의 이름이 제일 먼저 등장하지요. 암 연구 센터에도 거금을 쾌척했고 2014년에는 세포생물학 연구에 1억 달러를 기부했습니다.

시애틀 워싱턴대학교 캠퍼스를 걸어다니다 건물에서 익숙한 그의 이름을 발견해 알아보니 폴 앨런이 고등학교 시절, 컴퓨터를 배우기 위해 2년 후배인 빌 게이츠와 몰래 숨어들어 갔던 워싱턴대학 컴퓨터 학과에 460억 원을 기부해 자신의 이름을 딴 단과대학을 만든 것이었습니다. 아…… 성공의 짜릿한 플렉스라니! 이렇게 멋지게 돈을 쓸 수 있는 것이구나 싶어요.

일론 머스크나 제프 베이조스보다 먼저 우주여행을 시도한 선구자, 죽고 난 뒤에 재산을 전부 기부할 것이라고 밝혔던 통 큰 투자자. 퍼스널 컴퓨팅을 통해 혁명적인 변화를 만들어내며 자수성가의 아이콘이 된 인물. 열심히 일해 돈 많이 벌어서 폴 앨런의 성취 중 1퍼센트만이라도 현실로 가져올 수 있다면 너무 좋겠어요. 저는 그저 상상 속에서 꿈이나 꾸는 이야기인데, 제가 하고 싶은 모든 말도 안 되는 일들을 현실에서 실현시킨 사람이 있으니 더 맥이 빠지는 기분이기는 해요.

그가 이렇게 열심히 돈을 벌어서 자신을 위해 멋지게 쓰고 지역사회와 세상을 조금 낫게 만드는 데에 온 노력을 다할 수 있었던 것은 30대 암 발병 이후 30여 년간 막연하게 죽음의 그림자를 느끼며 자기 삶의 유한함을 매일 확인했기 때문이라고 합니다. "세상에서 돈을 쓸 수 있는 시간이 제한적이라는 것을 알게 되면 자신의 꿈과 희망을 실현하는 데 더 집중하게 된다"는 폴 앨런의 말이 여전히 기억에 남아 있습니다.

돈이 아무리 많아도 모두가 기부나 사회 공헌에 관심을 보이는 것은 아니니 그가 죽음을 대면하며 인생에 대해 어떤 생각을 했을지 조금은 짐작할 수 있을 것 같아요. 자기 존재의 한계를 일찍 깨달은 결과가 그를 도시와 대학과 연구소와 박물관, 미술관, 스포츠 팀을 통해 영원히 존재하게 했으니 좀 아이러니한 일이네요.

상상 대신 현실적인 자세로 돌아와

한국 사회에서 중산층이란, 직장을 그만두어 월급을 받지 못하거나 운영하던 작은 사업이나 가게가 잘못되는 순간 생계를 걱정해야 하지요. 나이가 더 들어 직장을 그만둔 다음에는 무얼 하며 어떻게 살아야 하나, 어떻게 살고 싶은가, 이런 저런 생각을 하는데 뾰족한 답은 여전히 구하지 못한 것 같아요.

인생에서 대단한 성공을 거둘 가능성이 별로 없어 보이는 저는 '주체 못할 정도로 많은 재산이 있다면 무엇을 할까?'라는 상상을 멈추고, 대신 '유한한 삶, 남은 인생에서 제일 하고 싶은 일은 무엇일까'라는 현실적인 질문을 스스로에게 해보기로 했어요.

건강하게 여기저기 많이 걸어 다니는 것, 가족이나 친구들과 즐겁게 밥 먹는 것, 보고 싶은 책을 읽고 듣고 싶은 음악을 듣는 것, 도움이 필요한 사람들을 위해 무언가 의미 있는 활동을 하는 것, 다른 사람에게 걱정이나 폐 끼치지 않고 씩씩하게 사는 것. 일단 산책, 웃음, 포옹과 다정한 말 같은 것들은 돈이 많이 들지 않으니 더 자주 하도록 노력하려고요.

확실한 것은 아무것도 없지만 '야망은 자기 회의로 인해 무너지는 법'이라니 미리 주눅들지 말 것. 이미 흘러간 과거에 사로잡히지 말고 막연한 미래에 기대지 말고 일단 현실에서 매일 열심히 살 것. 안 가본 곳을 가보고 안 해본 일을 하고 매일 조금씩 새로운 사람이 되어볼 것.

폴 앨런을 꿈꾸다 결국 현실적이고 소박한 결론에 도달하고 마네요.

delight
삶의 희열

마녀체력

마흔부터 길러온 체력이 내게 가져다준 가장 큰 선물이 뭔지 알아요? 나는 두 가지를 꼽고 싶습니다. 하나는 '희열'이라는 감정. 다른 하나는 '공감력'.

운동을 하기 전에도 크게 문제될 것은 없는 삶이었습니다. 이만하면 나쁘지 않다 정도? 그런데 입을 크게 벌리고 큰소리로 웃은 적은 별로 없었어요. 땀을 흠뻑 흘리며 뛰어다니거나, 가슴속에서 뭔가 굉장한 뿌듯함이 밀려오지도 않았습니다. 몸을 움직이면서 비로소 기쁨이나 행복함을 뛰어넘는 더 강렬한 느낌, 죽지 않고 살아 있다는 흥분 같은 '희열'이 뭔지 알았어요.

그런데 이런 감정을 나 혼자라면 느낄 수가 있을까요? 식물이나 동물, 그리고 타인과 함께하는 과정에서 생겨나는 거라고 믿습니다. 특히 운동을 통해 내 편협한 세상 바깥의 사람들과 관계를 맺으면서, 모나고 예민한 구석이 많이 다듬어진 것 같아요. 이제는 잘 사는 어른으로서 역할을 해나가고 싶습니다.

후배는 어른이 되고 나서 희열을 느낀 적이 있어요? 사는 데

그런 감정이 필요하다고 생각합니까? 혹시 뭘 하면 그런 감정을 획득할 수 있을까요? 타인들과 함께하는 데서 에너지를 얻는 편인가요? 우리가 속해온 세상과는 영 다르게 살아온 이들과 어울리는 일이 있나요?

김은령

" 저는,
'금사빠'예요. "

지금까지의 인생 내내 선배가 앞에서 말한 '희열', 이를테면 기쁨이나 행복을 뛰어넘어 죽지 않고 살아 있어서 다행이라고 느끼는 흥분을 진짜 자주 확인했지요. 앞으로도 그럴 것 같아요.

좋아하는 아티스트의 공연장에 가고 응원하는 팀의 스포츠 경기를 관람하는 것이 제 인생에서 가장 중요한 취미이자 몰입의 대상이지요. 입장부터 시작해 짧게는 서너 시간, 길게는 6시간 정도 내내 흥분해 있느라 혈관 속 피의 온도가 3, 4도 정도 올라가는 것 같아요.

무릎 나가고, 노래를 따라 부르거나 함성을 지르느라 성대 나가고, 결국 멘탈도 나가버리는 가운데 내 옆에 나와 비슷한 관심사와 열정을 갖춘 사람들이 몇천 명, 몇만 명이라는 사실이 추가 되면 그 현장에서 모두 비슷한 접신의 경험을 하게 되지요. 미친 듯 응원을 보내다 눈이 마주치면 서로 고개를 끄덕이며 '당신도 한배를 탔군……. 우리 모두 이 배에서 내리기는 쉽지 않을 거야' 하고 비밀스러운 교감을 나누는데 그럴 때면 엔돌핀이 잔뜩 나오죠.

저는 주위에서 모두 인정하는 '금사빠', 멋진 사람이나 근사한 대상을 보면 금방 사랑에 빠져버리고 혹하는 쉬운 사람이에요. 이런저런 분야에 과몰입하는 덕후라고나 할까요. '덕질'이라는 것이 헌신적이고 강력한 매혹이라 시간과 돈과 관심을 엄청나게 요구하긴 해요. 하지만 대상을 마음대로 선택할 수 있고, 시작도 내가 하고 끝내는 것도 내가 한다는 점에서 나름 주체적이고 자발적이라는 특징도 있지요.

덕질의 역사

제 덕질의 역사는 유구한 편인데 아주아주 어릴 때 당시의 '아이돌' 레이프 가렛(다들 누군지 모를지도……)이 한국에서 공연한 적이 있어요. 그 공연에 가려고 했는데 전날 집에 일이 생겨서 못 가게 되는 바람에 대성통곡하고 난리도 아니었죠.

그 후로 보호자 없이 혼자 공연에 갈 수 있는 중학생이 되기를 얼마나 기다렸던지. 학생 시절에는 당연히 온 방안은 물론이고 교과서이건 참고서이건 연습장이건 좋아하는 스타들의 사진으로

도배가 되어 있었고, 새 음반이 나오거나 영화가 개봉되면 제일 먼저 사고 봐야 직성이 풀리곤 했어요.

홍콩 배우, 일본 가수, 영국과 미국의 록스타…… 덕질을 제대로 하려면 그 나라 언어를 알아야 하거든요. 정보를 빨리, 많이 알아야 어디 가서 잘난 척을 할 테니까. 자발적으로 영어와 일본어를 배우게 된 것은 다 그 덕분이에요. 제대로 공부한 게 아니라 록 음악과 헤비메탈 가사로 친해진 영어와 나카모리 아키나 같은 가수의 곡을 흥얼거리다 배운 일본어라 엉망이긴 합니다.

음반 하나 사면서도 몇 번을 고민하던 학창 시절과 달리, 갖고 싶은 것 눈치 안 보며 살 수 있어서 어른이 된다는 것은 정말로 멋진 일이다 생각했어요. '내돈내산'이 아니라 '내돈내덕', 내가 번 돈을 내가 좋아하는 것에 쓰겠다고 하는데 누가 말리겠어요. 돈을 벌면서는 덕질의 스케일이 조금 커졌죠. 내한공연에 가는 것에서 조금 더 나아가 좋아하는 공연이나 행사를 보려고 멀리 낯선 도시로 여행을 가기도 했어요.

직장 초년생 무렵 장국영과 유덕화 공연을 보러 마감 한가운데 홍콩으로 주말 1박 2일 동안 다녀오고는 늦어진 일정을 맞추느라 이틀 밤새는 바람에 주위의 놀림을 한동안 받기도 했어요.

고등학생 때 내내 좋아한 홍콩의 배우이자 가수인 장국영이 한국에 왔을 때 인터뷰에 가서 "내가 오빠를 만나기 위해 기자가 된 거다, 너무너무 좋아하는데 그래도 광둥어 배우는 데는 실패했다, 너무 어렵더라, 미안해 내 사랑이 이 정도 밖에 안 되어서"라며 난리를 치기도 했어요. 저의 뜬금없는 팬심 고백에 너무 웃

기다고, 자기 이제 곧 40대라 너무 웃으면 얼굴에 주름 생겨서 안 된다고 눈과 뺨을 잡아당기던 장국영의 모습이 아직도 기억나요.

그리고서 몇 년 후 만우절에 장국영은 세상을 떠났지요. 그 뉴스를 듣고는 만우절 장난인 줄 알았어요. 믿기지가 않아서 이후에 홍콩에 가게 될 때에는 그가 지내던 만다린 오리엔탈 호텔에 가보고는 했는데 이런 사람이 저만은 아닌지 투신한 자리에 꽃이 가끔 놓여 있곤 했어요.

행복이 가득한 집, 김은령입니다만…

덕질과 관련한 일화라면 셀 수 없이 많아요. 음악을 좋아하는데 잡지 성격상 조수미 선생님이나 정경화 선생님 같은 클래식 음악 쪽 예술가들을 자주 취재했어요. 인터뷰 후 공연에 초청해주어 넋 놓고 바라보던 기억도 있네요. 제가 음악 좋아하는 걸 아는 음반사 담당자들은 해외 아티스트가 한국 공연을 오거나 신보 홍보로 기자회견을 할 때면 초청해 주었어요.

보통 기자회견에서 질문을 할 때면 자기가 속한 미디어 이름을 먼저 대지요. 묻고 싶고 궁금한 거 너무 많은데 차마 제가 몸담고 있는 잡지 이름을 이야기하지 못하겠는 거예요. 생각해보세요, 메탈리카나 스키드 로 같은 밴드 기자회견장에서 "행복이 가득한 집 김은령입니다" 하고 말하면……. 실제로 그런 적이 있었는데 다른 기자로부터 놀림을 받았어요. 행복이 가득한 집에는 록 음악이 꼭 필요한 거냐면서.

한번은 2박 4일 짧은 뉴욕 출장을 가서 급하게 일을 하고 저녁에 패션 브랜드에서 준비한 행사에 갔어요. 깜짝 퍼포먼스가 있다고 해서 별 기대 없이 기다리고 있었는데 카페에 만들어놓은 작은 무대에 누군가 올라오는 거예요. 제가 오랫동안 좋아했던 흑인 여성 가수 메리 J. 블라이즈Mary J. Blige가 등장하는 걸 보고 심장이 쿵 내려앉았어요.

이런 곳에서, 이렇게 가까운 곳에서 나의 여왕을 만나게 되다니! 너무 흥분해서 영혼이 30퍼센트 정도 나간 상태로 그분의 노래를 30분 정도 들으면서 '나 기자 하기 정말 잘했네'를 1백 번쯤 외쳤던 것 같아요.

그 현장에 같이 있던 메리 J 블라이즈의 팬들이 "우리 여왕님이 한국에서도 인기 있냐?" 자꾸 물어봐서 한국에 R&B 음악 팬들이 얼마나 많은지 파티 내내 설명해주고 그 후에도 팬심으로 대동단결, 소셜미디어로 연락했던 일도 있어요.

강력한 자극제,
덕질

다시 태어난다면 롤링스톤즈의 믹 재거로 태어나고 싶다고 생각하는 저이기에 지금도 기를 쓰고 좋아하는 뮤지션의 공연을 보고 CD를 사들이고 있어요. 기분 좋을 땐 신나는 음악을 듣고 우울할 땐 세상 무너져버릴 것 같은 슬픈 음악을 들으며 위로를 받고.

저의 버킷 리스트에는 아직 보지 못한 공연, 꼭 보고 싶은 공연이 잔뜩 적혀 있죠. 좋아하는 밴드가 월드투어를 돈다고 하면 너무나 가보고 싶어서 사표라도 쓰고 따라나서야 하나 진지하게 고민하기도 해요. 이렇게 온 마음으로 좋아하는 대상이나 취미가 있다는 것은 삶에 강력한 자극제가 되어주지요. 좋아하는 공연에 가보려면 운동해서 체력도 길러놓아야 합니다. 어른의 덕질은 조금 부족한 체력을 조금 풍성한 재력으로 해결하는 것일 테니 열심히 일해서 돈도 많이 모아놓아야 하고요.

저만 이러는 건 아닐 거예요. 주변을 둘러보면 별별 덕후들이 참 많아요. 누구는 우리나라의 모든 산을 다 올라보겠다고 열정을 불태우고 또 누구는 새로 나오는 레고 시리즈를 사서 뜯지도 않고 바라보는 것만으로 행복해하기도 합니다. 그 대상이 사람이건 취미이건 나이와 상관없이 마음속에 꺼지지 않는 전등을 하나 밝혀놓고 있는 것. 그것이 덕질의 매력이 아닐까 싶어요. 지금 남아 있는 미술관이나 박물관도 오래전 누군가의 덕질이 낳은 결과물이죠.

나 자신은 물론이고 세상을 유쾌하고 재미있게 만들어주는 데 일조하는 것이 바로 이런 애정과 집착이 아닐까 싶어요. 그래서 친구들과 서로의 열혈 취미를 응원해주는 중입니다. '은행 잔고에 좀 영향을 주지만 정신과 감정의 노화를 막아주는 가장 확실한 방법'이라고 주문처럼 되뇌면서 말이지요. 시인 보들레르는 무언가에 취해 있으라고 말했는데, 술이나 도박에 취해 있는 것보다는 음악이나 그림이나 운동이나 캠핑에 미쳐 있는 게 훨씬 낫지 않을까요.

주위에서는 제가 좋아하지 않으면 아이돌로 성공했다고 말할 수 없다고 농담을 하죠. BTS 데뷔 때의 팬이었고 샤이니가 시대를 너무 앞서서 왔다고 한탄하며, 여전히 2NE1이 해체했다는 것을 믿을 수 없어 하고, 레드벨벳과 블랙핑크 노래를 들어요. 늘 새로운 '스타'들이 등장하니 저도 쉴 틈이 없네요.

개인의 취향을 이렇게 길게 이야기하다니…… 반성하다가도 아니지, 덕질은 공개하고 홍보하는 거라는 사실을 다시 떠올립니다. 그래야 이야기를 들은 누군가 제가 모르는 소식도 전해주고 공통적으로 좋아하는 대상을 발견하면 같이 이야기를 나눠줄 것이고, 하다 못해 굿즈가 눈에 띄면 선물해 준다고요.

언젠가 이 가망 없는 덕질에 관한 책을 내보고 싶다는 생각을 가끔 하는데, 차마 남에게 보여줄 수 없는 수많은 고백과 참회로 가득한 내용이 되어버릴 테니 쉽게 쓰지는 못할 것 같네요.

여행이란,

스스로를 믿게 해주는
자기 수양의 경험.

덕질이란,

Don't look back이다.

결이 같아서 단단하고,
무늬가 달라서 재밌는

다른 이와 책을 같이 써보고 싶다는 생각을 종종 했습니다. 두 사람이 하나의 테마를 두고 글을 주고받다보면 A+B=C라는 신선한 공식이 탄생할 수 있을 테니까요. 두 사람의 역량에, 새로운 시너지가 보태지는 과정을 맛보고 싶었거든요. 가장 큰 고민은 당연히 파트너였어요. 평생에 한 번 올까 말까 하는 공저의 기회이니, 신중하게 선택하고 싶었지요. 결론부터 말하면, 적임자를 만났습니다.

물론 우리는 한집에 살 정도로 친하지 않습니다. 이성 간에 생길 법한 묘한 오해도 없어요. 그렇다고 미주알고주알 사사로운 수다를 떠는 사이도 아닙니다. 안 지는 꽤 오래되었지만, 회사 다니며 같이 터놓고 술을 마셔본 적이 있던가? 한 회사를 다니긴 했는데, 서로의 활동 필드가 영 달랐기 때문입니다. 이미 맞벌이 엄마로 입사를 한 나와, 마흔이 넘도록 싱글의 자유를 누린 그에겐 접점이 별로 없었지요.

일을 하는 성향도 전혀 다르다는 걸 알았습니다. 6년 만에 홀딱 퇴사를 해버린 나와 달리, 그는 30여 년을 근속하며 승진 가도를 달리고 있으니까요. 나는 가능하면 일을 덜 하려고 꼼수를 부리는데, 매월 꼴까닥 한다는 잡지 마감을 지키면서 번역까지 하는 그의 저력은 놀랍기만 합니다. 반면 정신없이 바쁜 그는 안분지족하면서 단순한 라이프 스타일을 즐기는 나의 비결이 궁금하대요. 꾸준히 운동하면서 루틴을 지켜나가는 생활이 부럽다는군요.

두 사람이 그토록 다르기만 하다면, 불꽃이 튀긴 해도 시너지가 날리 없습니다. 우리는 무엇보다 '편집'을 사랑합니다. '지대한 호기심으로 방대한 정보를 받아들이되, 필요한 것만 쏙쏙 골라내는 일'을 잘하지요. 문자 중독증 환자로서, 곁에 책이 없으면 불안해집니다. 흥미를 느끼는 대상이 뭔지 정확히 알고 있으며, 시시때때로 희열을 표출하며 삽니다. 여성으로서 자존감이 높고, 귀엽기보다는 까다롭고 개념 있는 할머니로 살기를 희망하지요.

서로의 다른 점에 대해 궁금한 걸 모두 물었고, 만족스러운 힌트를 얻었습니다. 비슷한 관심사에 대해선, 맘껏 즐거운 공론의 장을 펼쳤어요. 꽤 단단한 모습으로 나이 들어가는 근사한 여성 동지를 만난 기분이랄까요. 우리에게 그랬듯,《두 여자의 인생편집 기술》이 쉬우면서도 지혜로운 삶의 팁을 독자와 나누는 책이면 좋겠습니다. 결은 같지만 무늬가 다른 묵직한 식탁에 앉아, 쓴 커피에 달콤한 마카롱을 씹는 것처럼, 진지함과 재미가 어우러진 충만한 만남이었기를.

마녀체력(이영미)